AF215184

Schneefrau küsst Schneemann

FSC
www.fsc.org

MIX

Papier aus ver-
antwortungsvollen
Quellen

Paper from
responsible sources

FSC® C105338

Ann-Kristin Vinterberg

Schneefrau küsst Schneemann

Roman

Bibliografische Information der Deutschen Nationalbibliothek: Die Deutsche Nationalbibliothek verzeichnet diese Publikation in der Deutschen Nationalbibliografie; detaillierte bibliografische Daten sind im Internet über dnb.dnb.de abrufbar.

eBook Edition, 2. Auflage 2018

Copyright © 2018 by Ann-Kristin Vinterberg (Eva Maria Nielsen)

Kollegievej 2, DK 2900 Charlottenlund

Herstellung und Verlag: BoD – Books on Demand, Norderstedt

Lektorat: Serena Avanlea, www.herzensbuecher-schreiben.de

Cover-Abbildung: © Andrea Gunschera

Buch-Innengestaltung: buchseitendesign by ira wundram

Schneeflocken: © strogaya/Shutterstock.com

Alle Rechte vorbehalten.

Ein Nachdruck oder eine andere Verwertung ist nur mit schriftlicher Genehmigung der Autorin möglich.

Die Personen und Handlungen im vorliegenden Werk sind frei erfunden. Jegliche Ähnlichkeiten mit lebenden oder verstorbenen Personen sind rein zufällig. Erwähnungen von historischen bzw. realen Ereignissen, realen Personen oder Orten sind rein fiktional.

ISBN: 978-3-7481-2824-3

Echte Armut ist nicht der Mangel an Geld oder Besitz,
sondern fehlende Wärme des Herzens.

Unbekannter Verfasser

15. Dezember
Vor einem Jahr

Runes Atem formte Wolken, die er in der Dämmerung des frühen Nachmittags kaum sehen konnte. Ende Dezember waren die Tage kurz, dagegen die Socken und Unterhosen lang, dachte er amüsiert, vor allem an Tagen wie diesen. Der Himmel über ihm war schon seit den frühen Morgenstunden grau wie Zinn, und durch die dicke Wolkendecke spähte nicht der winzigste Sonnenstrahl, dafür fiel aber umso mehr Schnee.

Er hatte den Kragen seines Parkas gegen die eisige Kälte aufgestellt, und die Kapuze tief ins Gesicht gezogen. Trotzdem schlüpfte der Wind durch jede Öffnung, blähte seine Kleidung auf wie einen Luftballon und jagte ihm einen Schauder über den Rücken. Schneeflocken wirbelten durch die Luft, wurden vom Sturm hin und hergetrieben. Er stemmte sich gegen den wütenden Wind, zog die Kapuze wieder bis zu den Augenbrauen und verknotete das Band so stramm, bis er nur noch durch einen schmalen Schlitz in den Sturm linsen konnte. Den Schal hatte er schon bei Dina an der Haustür bis über die Nase gezerrt, sodass sein warmer Atem sofort zu Eiskristallen kristallisierte. Puh, war das frostig heute. Lausekalt. Er war froh, dass er so früh von Dina weggekommen war. Auch wenn sie gehofft hatte, dass er bei ihr blieb. Schließlich hatte die Polizei allen Einwohnern geraten, nur in dringenden Fällen das Haus zu verlassen. Da wäre er auch am liebsten, vor dem Kamin, eine heiße Tasse in der Hand. Er stapfte weiter durch den kniehohen Schnee, die Hände tief in die Taschen vergraben. Höchste Zeit, wieder ins Warme zu kommen. Bereits in Sichtweite duckten sich die Buchen vor seiner Einfahrt unter dem Wind. Gott sei Dank, nun war es nicht mehr weit.

Liv rutschte weiter nach vorn, so weit, bis ihre Nasenspitze fast die Scheibe hinter dem Lenkrad berührte, und kniff die Augen zusammen. Verflixt, sie konnte keinen Schritt weit sehen. Sie hatte sich wirklich den besten Tag für eine Fahrt über das Land ausgesucht. Ihre Hände krallten sich um das Lenkrad. Wenn ihre Stirn doch nicht so pochen würde. Weiterzufahren grenzte an Selbstmord. Sie hätte auf die Polizei hören sollen. Jetzt war es zu spät.

„Verdammte Scheiße!" Sie lehnte sich noch ein wenig weiter vor. Gleichzeitig bremste sie sachte ab. Wo war die Strasse geblieben? Eben noch lag sie vor ihr wie ein schmutzig-weißes Band, nur der Schnee waberte über den Asphalt, vom Wind getrieben wie Freiwild. Nun, nur einen Lidschlag später, glich alles einer weißen Wüste. Ohne jegliche Markierung oder Spur. Weißes Nirwana. Der Wind heulte.

Das fehlte noch. Gerade heute. Sie musste doch weiter, von Aalborg und Martin wegkommen, so fern wie nur möglich. Doch der Sturm hatte mit seinem kalten Atem das Land stillgelegt.

Es ist unverantwortlich, was du hier tust. Ihre Zähne klapperten. Die Heizung hatte schon kurz hinter Vejle die letzte Wärme ausgespuckt. Tja, heute war der Tod wohl vorprogrammiert. Entweder würde sie wegen fehlender Sicht einen Unfall bauen oder bei diesen arktischen Temperaturen in ihrem Renault Clio erfrieren. Sie zog geräuschvoll die Nase hoch.

Der Wagen schlitterte, sie bremste sachte ab und kniff die Augen zu. Da, das war eine Kurve. Es konnte nicht mehr weit sein bis zu einem Bauernhof oder einer Pension. Irgendwo würde sie heute noch unterkommen. Hauptsache weg von der Straße. Hier auf dem Land wimmelte es doch von Bauern. Die vermieteten sicher auch Zimmer an abenteuerlustige Stadtmenschen, die das Landleben ausprobieren wollten. Wo waren sie alle? Hatte der Schnee sie verschluckt?

Sie schaltete in den zweiten Gang und rutschte in die Kurve. Der Scheinwerfer fraß sich über den Schnee und streifte … Was war das? Ein Reh? Nein, ein Spaziergänger? In der Wildnis? Verzweifelt hämmerte sie ihren Fuß auf die Bremse. Der Clio drehte sich auf dem vereisten Boden, sie riss das Lenkrad herum, und der Wagen versank mit dem Heck im Schnee. Sie ruckte nach vorn. Der Motor erstarb. Verflixt, sie hatte beinahe jemanden umgefahren, und das Auto in einer Schneewehe im Nirgendwo versenkt.

Verzweifelt fiel ihr Kopf auf den Lenker. Was würde noch alles kommen? Hatte sie nicht genug schlechtes Karma für den Rest des Jahres gesammelt?

Milchiges Scheinwerferlicht fräste sich durch die umher wirbelnden Schneeflocken, und als das Auto um die Kurve schlitterte, sprang Rune erschrocken zur Seite und fiel rücklings in den Schnee. Der Wagen scherte aus, schlingerte, rutschte weiter und versank mit dem Heck in einer Schneewehe. Ein letztes Mal heulte der Motor auf und verstummte. Rune sprang auf, stolperte zum Auto und spähte durch das Seitenfenster an der Fahrerseite. Eine Frau saß am Steuer, das Gesicht lag auf dem Lenkrad, ihr krauses Haar quoll unter der Pudelmütze hervor. Er klopfte an die Scheibe.

„Hallo! Brauchen Sie Hilfe? Geht es Ihnen gut?"

Sie rührte sich nicht. Er versuchte die Tür zu öffnen, ruckelte und zerrte, und der Clio schaukelte hin und her. Entschlossen kletterte er auf die andere Seite und hantierte am Griff der Beifahrertür. Vergebens. Sein Stiefel stieß gegen einen Stein. Er bückte sich, schaufelte ihn frei und hämmerte ihn kraftvoll gegen das Glas, das in ein filigranes Muster zersplitterte. Mit dem Ellbogen zertrümmerte er die Scheibe endgültig. Er griff in den Wagen und öffnete die Tür.

„Kommen Sie. Ich helfe Ihnen."

Der Kopf der Frau fuhr hoch. Sie funkelte ihn an. „Warum zertrümmern Sie meine Scheibe? Sind Sie verrückt geworden?"

Rune grub die Fäuste wieder tief in die Tasche. „Tut mir leid, ich dachte, Sie wären verletzt. Als Sie dort auf dem Lenkrad lagen und nicht reagiert haben, hab ich es mit der Angst zu tun bekommen. Ich wollte Sie wirklich nicht erschrecken!"

„Das ist immer noch kein Grund, meine Scheibe zu zerschlagen. Wie soll ich denn jetzt weiterfahren? Haben Sie daran mal gedacht?"

„Heute fahren Sie nirgendwo mehr hin. Bitte, kommen Sie mit. Hier draußen ist es zu kalt."

„Bei offenem Fenster noch viel mehr als vorher!"

„Machen Sie schon. Oder wollen Sie sich in eine Schneefrau verwandeln?" Er streckte seine Hand aus. „Sie können bei mir bleiben bis die Straßen geräumt worden sind. Solange will die Polizei überhaupt niemanden mehr draußen sehen."

„Warum sind Sie dann unterwegs? Und das auch noch zu Fuß?"

Rune lachte. „Das frage ich mich auch die ganze Zeit. Es ist eisig, und der Wind kriecht durch alle Ritzen. Also, steigen Sie schon aus. Die Reparatur bezahle ich Ihnen, aber nur, wenn ich nicht vorher erfriere. Ich habe Sie nämlich nicht in meinem Testament bedacht."

„Ich denke überhaupt nicht daran, einfach mitzukommen."

„Machen Sie nicht so ein Theater. Wo wollen Sie denn sonst hin? Das Auto ist … sagen wir mal ,geparkt', die Scheibe kaputt, und die Temperaturen sind mehr als ungemütlich. Was ich Ihnen biete, ist in jedem Fall besser: Bei mir ist es warm, und Sie bekommen etwas zu essen."

„Verschwinden Sie einfach …"

„Was haben Sie denn für eine Wahl? Hier gibt es doch nichts."

„Ich gehe einfach die Straße entlang und suche mir ein Gästezimmer."

„Da müssen Sie noch einige Kilometer laufen, wenn Sie die Häuser bei diesem Sturm überhaupt sehen. Kommen Sie schon."

Sie rührte sich nicht, starrte nur verkniffen durch die Windschutzscheibe. Zumindest war es das, was er im Schein des Parklichts sehen konnte. Mein Gott, was für eine harte Nuss sie war. Wann gab sie endlich nach? Er hätte am liebsten mit dem Wind um die Wette geheult, so elend war ihm bei der Kälte zumute.

„Unterlassene Hilfeleistung ist strafbar. Also … ich friere. Kommen Sie jetzt?"

Sie schüttelte ihren Kopf, sodass die roten Locken wippten. Feenhaar. „Ich kenne Sie doch gar nicht. Da geh ich nicht einfach so mit."

„Also gut, dann stelle ich mich vor. Ich bin Rune Madsen und wohne auf der anderen Straßenseite, dort, hinter den Buchen, die man nun gar nicht mehr erkennen kann. Klettern Sie jetzt endlich aus der Nussschale? Jetzt wissen Sie, wer ich bin." Er streckte ihr auffordernd die Hand entgegen. „Vertrauen Sie mir einfach."

Ihr leicht verwirrter Blick ließ sein Herz einen Satz machen.

„Warum sollte ich das, Rune Madsen?"

„Warum nicht? Immerhin habe ich Ihnen wie ein Gentleman die Tür geöffnet."

„Davor haben Sie mich vom rechten Weg abgebracht. Das nenne ich nicht die feine englische Art."

Sie lächelte, wenn auch zögerlich. Irgendwann im Laufe ihres Lebens hatte sie offenbar gelernt, vorsichtig mit ihrem Lächeln umzugehen.

„Gut. Bei der Ehre meiner Schwestern: Ich schwöre, ich werde Sie nicht anrühren." Zumindest nicht bevor

14

du selbst es willst, dachte er, angelte den Rucksack vom Beifahrersitz und schulterte ihn. „Überzeugt?"

„Ich habe wohl keine andere Wahl." Sie krabbelte über den Sitz zu ihm.

„So, wir sind gleich da. Drinnen ist es gemütlich warm, da tauen wir wieder auf."

Rune stapfte vor ihr, ihren Rucksack auf dem Rücken, die Hände in den Taschen vergraben, und pflügte sich mit einer Schnelligkeit durch den Schnee, dass sie kaum Schritt mit ihm halten konnte. Gott sei Dank konnte sie in seine Spuren treten, was ihr das Gehen etwas erleichterte. Sie passierten die Buchen und bogen in eine Einfahrt ein. Aus dem Weiß der Landschaft schälten sich die Umrisse eines Holzhauses. Etwas abseits stand ein zweites Gebäude, wahrscheinlich eine Garage oder Scheune. Sie traten in den Windschatten des Hauses. Liv atmete auf. Rune blieb stehen, drehte sich zu ihr und wies mit der Hand über das Gelände.

„Also, hier wohne ich. Dort hinten ist die Scheune mit Stall, hier ist der Wohnbereich."

Auf dem ersten Blick wirkte das Haus eher praktisch und stabil als elegant. Es war rechtwinklig, hatte die Form eines L. Die Umrisse des Stalls – hatte er dort wirklich Kühe oder Schweine? – konnte sie in den wirbelnden Schneeflocken nur erahnen. Ein Christbaum, der seine mit Lichtern geschmückten Zweige ausstreckte, gab ihr ein wenig Orientierung. Tja, egal ob Lebensretter oder was auch immer Rune war, er lebte sicher nicht alleine hier. Ein Weihnachtsbaum auf dem Hof, das sah ganz nach Familienidylle aus. Nach einer Frau, die im Weihnachtstaumel mit den Wichteln um die Wette weihnachtete. Aber das war gut, denn dann war sie nicht allein mit diesem Fremden.

Ein heftiger Schmerz krallte sich in ihr Herz. So viele hatten das, was sie sich immer gewünscht hatte, so lange sie zurückdenken konnte. Eine stinknormale Bilderbuchfamilie und eine Bilderbuchweihnacht. Wenn das Wetter anhielt, war die Bilderbuchweihnacht auch dieses Jahr gebongt. Eins war sicher: Heiligabend gehört zu den wenigen Tagen im Jahr, wo die Menschen sich massenweise Schnee wünschten. Was die meisten sicher Bing Crosby zu verdanken hatten.

Also Bilderbuchweihnacht für alle, aber die klassische Familie würde sie nicht bekommen. Ihre Hand ruhte auf ihren Bauch. Dabei hatte sie schon das schönste Weihnachtsgeschenk erhalten. Ihr Kopf hämmerte immer noch, und sie zitterte wie Pappeln im Wind, so eisig war ihr.

Rune trat unter das Vordach vor der Haustür und stapfte den Schnee von den Schuhen. Der Mann war gut gebaut. Noch ein Grund, warum ihm gleich eine Frau um den Hals fallen würde. Er war der Typ Familienvater, wenn sie sich nicht täuschte. Letztendlich konnte ihr das aber ja auch egal sein.

Doch warum hatte er das Fenster zerschlagen? Sie hatte sich doch nur von dem Schock erholt. War er gewalttätig? Cholerisch? Warum nur musste immer alles schiefgehen, was sie anfing? Wie sollte sie bloß die Reparatur des Wagens bezahlen? In ihrem Kopf purzelten die Fragen durcheinander wie die wirbelnden Schneeflocken im Sturm.

Er zog den Schlüssel aus der Jeans, schloss auf und ließ ihr den Vortritt. „Kommen Sie rein. Hier drinnen ist es gemütlich warm."

Sie stampfte den Schnee von den Stiefeletten und trat ein. Warme Luft schlug ihr entgegen. Im Haus war es dunkel. War doch niemand da?

„Warten Sie, ich mache das Licht an. Ich vergesse immer Licht anzulassen, bevor ich das Haus verlasse. Es wird so früh dunkel."

Er knipste das Flurlicht an. Zitternd vor Kälte streifte Liv ihre Stiefeletten ab und stellte sie auf die Fußmatte. Rune nahm ihren Rucksack vom Rücken, schälte sich aus seinem Parka, stopfte die Wollmütze in die Tasche und hängte ihn auf. Bei Licht besehen sah er noch besser aus als da draußen. Schlank, eisblaue Augen und dunkelblondes Haar, das mal wieder geschnitten werden musste. Er schaute sie fragend an, so als hätte sie etwas verpasst.

„Wie bitte?"

„Sie träumen mit offenen Augen", sagte er. „Geben Sie mir Ihren Anorak."

Er hängte die Kleidung an die Garderobe. Etwas flauschig-warmes strich ihr um die Füße und schlang den Schwanz um ihren Fuß. Sie sah nach unten. Ein Kater rieb sich an ihren Beinen und mauzte. Liv bückte sich und kraulte ihm den Nacken. Sofort legte er den Kopf zurück, schnurrte zufrieden. Wie weich er war, so wunderbar wollig.

„Erstaunlich, Che mag Sie."

Sie runzelte die Stirn. „So, das finden Sie erstaunlich? Warum?"

„Che verteidigt sein Territorium wie sein Namenvetter die Revolution. Für ihn gibt es nur die Familie ..."

17

„Oh je, so lange wollte ich gar nicht hier untertauchen. Nur bis der Sturm aufhört und die Straßen wieder sicher sind."

„Che hat sich offenbar entschlossen, Sie in die Familie aufzunehmen. Ich erinnere mich nicht, wann er das zum letzten Mal getan hat."

„Er sollte vielleicht zuerst die anderen Mitglieder fragen." Sie sah sich schnell um. Keine Schuhe, weder Frauen- noch Kinderschuhe. Offensichtlich wohnte er hier mit seiner Katze. Und Schweinen und Kühen. Wie auf einem Bauernhof sah es nicht aus … War er ein Ökofreak, der Hühner hielt?

„Kommen Sie, ich mache uns einen Tee. Oder trinken Sie lieber Kaffee?"

„Tee wäre wunderbar."

Sie rieb sich die kalten Finger, während ihr Blick über das Interieur glitt. Helles Parkett, Glastüren und eine antike Standuhr. *Dong-dong-dong-dong.*

„Vier Uhr. Das ist doch perfekt für die gute alte englische Teatime."

Sie folgte Rune durch eine Tür. Kuschelige Wärme schlug ihr entgegen, als sie die offene Küche betrat, die mit modernsten Haushaltsgeräten ausgestattet war. Dagegen wirkte der rustikale Tisch mit Eckbank wie ein Relikt aus alten Tagen. Andächtig berührte sie mit den Fingerspitzen die Kerben, die das Leben ins Holz gegraben hatte. Der Tisch erzählte viel mehr als die glattpolierten modernen Oberflächen, die Martin bevorzugt hatte. Glatt und unpersönlich, so wie Martin selbst. Ohne Seele.

„Gefällt Ihnen der Tisch?" Rune öffnete eine Schranktür und holte Tee aus dem Regal.

„Sehr sogar ... Das ist ein wunderbares Stück. Ich habe immer von so einem Tisch geträumt. Er muss alt sein."

„So alt nun auch nicht. Als antik geht er nicht durch, aber ich hänge an ihm. Mein Großvater hat ihn als Meisterstück angefertigt."

„Er ist wunderschön. So ein Tisch erzählt Geschichten."

„Handeln Sie mit antiquarischen Stücken?"

„Nein, nein", protestierte sie und lachte. „Ich kaufe nur am liebsten Möbel, die eine Geschichte erzählen, entweder gebraucht oder als antike Sammelstücke."

Sie schaute sich weiter um. Die Küche ging in ein geräumiges Wohnzimmer mit einem Kamin aus Naturstein über. Abgenutzte, bunte Teppiche sorgten für Gemütlichkeit. Liv schlenderte zum Bücherregal, auf dem sich die Familienfotos um einen Platz stritten. Wieder streifte ein Hauch von Sehnsucht sie. Rune hatte eine Familie, und sie wusste immer noch nicht, wie es sich anfühlte, irgendwo dazuzugehören. Sogar als Kind war sie auf sich selbst gestellt gewesen. Ihr Karmakessel war definitiv randvoll, sie musste bald mal an der Reihe sein mit guten Energien.

„Setzen Sie sich doch, während ich Wasser koche. Möchten Sie eine Kleinigkeit essen?"

„Nein danke, ein warmer Tee ist perfekt."

Sie schlüpfte auf die Eckbank, stützte ihren Kopf auf die Hände und beobachtete, wie Rune Wasser in den elektrischen Teekocher füllte und anstellte. Es lag etwas Beruhigendes in der Art, wie die graugrünen Blätter in den Einsatz der Glaskanne rieselten. Seine Finger waren schlank und lang, richtige Pianofinger. Also doch kein

Bauer. Wie sie sich wohl auf ihrer Haut anfühlen würden? Gott bewahre! Ihr Hirn hatte einen Kälteschock bekommen. Kaum war sie einen Mann los, dachte sie schon an den nächsten. Hatte sie nichts dazu gelernt? Schlimmer konnte es wirklich nicht werden. Gut, dass niemand ihre Gedanken lesen konnte.

Das Wasser fing leise an zu sprudeln, und Rune wandte sich ihr wieder zu, doch sein Gesicht verzog sich besorgt.

„Das sieht nicht gut aus. Was haben Sie denn gemacht?" Er trat einen Schritt näher, schob sachte ihre Haare zurück, beugte sich zu ihr und musterte ihr Gesicht. „Ihre Stirn, Sie sind ja verletzt."

„Ach so … Das ist nichts. Ich habe es gar nicht bemerkt." Verflixt, sie war noch nie gut gewesen, wenn es ums Lügen ging. Wahrscheinlich glühten ihre Wangen so tiefrot wie der Weihnachtsstern auf dem Tisch. Sie berührte vorsichtig die Stirn und zuckte zusammen. Die Wunde nässte. „Ich bin mit dem Kopf auf das Lenkrad geknallt."

„Wahrscheinlich waren Sie darum etwas benommen. Warten Sie, ich hole Verbandszeug."

Er eilte davon. Sie lauschte dem brodelnden Wasser. Als der Wasserkocher verstummte, goss sie den Tee auf. Nelken und Zimt, er hatte eine Weihnachtsmischung gewählt. Sie holte zwei dickbauchige Tassen aus dem Schrank, und während sie sich wieder auf die Bank setzte, bewunderte sie den hell erleuchteten Christbaum auf dem Hof. Che rollte sich neben ihr zu einer Kugel zusammen. Versonnen vergrub sie ihre Hand in sein Fell und streichelte mit der anderen über ihren Bauch. Rune kam zurück, zog einen Stuhl heran und setzte sich mit gespreizten Beinen vor sie. Er träufelte Desinfektionsmittel auf einen Wattebausch. Behutsam nahm er ihr Kinn und drehte ihr Gesicht zum Licht.

„Wirklich, es ist halb so wild. Machen Sie sich doch bitte keine Umstände", wehrte sie verlegen ab. Che sprang auf und kletterte auf ihren Schoß. Sie vergrub ihre Finger wieder in sein dichtes Fell.

„Die Wunde muss nur gesäubert werden. Vorsicht, gleich tut es kurz weh."

Als ob sie das nicht schon wüsste. Den ganzen Tag hatte die Schläfe gepocht, aber das würde sie ihm nicht erzählen. Stattdessen blickte sie in seine eisblauen Augen. Behutsam tupfte er das Desinfektionsmittel auf die Hautabschürfung. Instinktiv zuckte sie zurück, denn es brannte wie Feuer. Als er sie wieder berührte, schauderte sie, diesmal allerdings nicht wegen der medizinischen Behandlung. Ihr ganzer Körper kribbelte unter seinen Fingern. An einem anderen Tag, in einem anderen Leben, damals als sie noch die naive Liv gewesen war, hätte sie die fürsorglichen Berührungen dieses Mannes genossen. Nicht heute. Männer taten ihr nicht gut, sie musste sie meiden. Sie baute sich gerade ein Leben ohne sie auf. Energisch schob sie seine Hand weg.

„Nur noch einen Augenblick. Ich bin fast fertig." Er beugte sich vor, sodass sie seinen Atem riechen konnte. Er hatte Schokolade gegessen, das war sicher. „Wer war das?"

„Sie!"

„Ich?"

„Ja, Sie. Ohne Sie wäre ich nicht von der Straße abgekommen und hätte mir den Kopf nicht auf dem Lenkrad gestoßen. Ich sag ja, es ist nicht so wild."

„Das ist nicht im Auto passiert." Sein Gesicht verhärtete sich wie gefrorenes Wasser. „Haben Sie den Mistkerl wenigstens angezeigt?"

Sie schwieg. Er überprüfte noch einmal sorgfältig sein Werk, die Lippen schmal aufeinandergepresst. Was ging es ihn an, warum sie hier war? Wer das getan hatte? Trotzdem, sie genoss seine Fürsorge. Wie lange war es her, dass sich jemand so um sie gekümmert hatte? Zutiefst gerührt blinzelte sie eine Träne weg. Sie atmete tiefer und schwerer. Ein zufriedenes Lächeln schlüpfte über sein Gesicht, warm und lebendig wie das Nordlicht in der Winternacht.

„Fertig."

„Danke fürs Verarzten!"

Er nickte gedankenverloren, warf den Abfall weg und nahm seinen Tee. Vor dem Fenster wirbelten flauschige Schneeflocken durch das schimmernde Licht des Christbaums.

„Ich muss kurz rüber zu den Tieren. Ruhen Sie sich inzwischen vor dem Kamin aus. Wenn ich zurück bin, mache ich uns Abendessen."

Sie trank ihren Tee aus. „Hoffentlich mache ich Ihnen keine Umstände. So wie es stürmt, werde ich die Nacht bei Ihnen verbringen müssen."

„Ja, aber nicht mit mir. Keine Sorge." Lachfältchen tanzten um seine Augen, und das widerspenstige Haar fiel ihm in die Stirn. Er sah so sexy aus in seinem Jeans, dem nachlässig in den Bund gesteckten Flanellhemd und den nackten Füßen. Sie spürte, wie sie innerlich dahinschmolz. Sieh ihn nicht an, sonst bekommst du auf der Stelle einen Herzschlag. Sie konnte unmöglich in seiner Nähe bleiben.

22

„Soll ich Ihnen Ihr Zimmer zeigen? Sie wollen sich sicher vor dem Abendessen ein wenig ausruhen? Schlafen? Baden?"

„Sehr gern, ich möchte mich ein wenig frisch machen. Sie brauchen wirklich nicht zu kochen."

Er schulterte ihren Rucksack. „Essen muss ich eh'. Wenn alles fertig ist, hole ich Sie."

„Also kein Zimmerservice …"

„Wenn Sie es sich wünschen, gibt es den natürlich auch exklusiv für Sie. Allerdings freue ich mich immer über Gesellschaft."

„Nicht nötig. Ich bin pflegeleicht! Ich komme gerne."

Sie folgte ihm durch den Flur. Er öffnete die letzte Tür am Ende des Ganges, trat einen Schritt zurück und lies ihr den Vortritt. Das Zimmer, quadratisch, ländlich und in blauen Tönen eingerichtet, wurde von einem Doppelbett dominiert. Bodentiefe Fenster gaben den Blick hinter das Haus frei. Was auch immer dort war, würde sie erst bei Tagesanbruch sehen. Er stellte den Rucksack in den Ohrensessel. Liv schaute sich um. Das Ambiente war so wunderbar gemütlich, es wirkte fast, als wenn er sie erwartet hätte.

„Bevor ich Sie hier übernachten lasse, wüsste ich gerne Ihren Namen."

„Entschuldigen Sie. Habe mich wirklich noch nicht vorgestellt? Das tut mir leid. Wahrscheinlich ist daran meine Kopfverletzung schuld. Liv. Ich bin Liv." Verlegen reichte sie ihm die Hand. „Verraten Sie mir doch: Haben Sie mich erwartet?"

„Nein, warum?"

„Das Bett ist frisch bezogen."

„Ach so … Ein Weihnachtsengel hat mir gestern zugeflüstert, dass jemand eine Herberge suchen wird."

Sie hob nur ihre Augenbraue in die Höhe.

„Nun ja", fuhr er fort. „Man kann ja nie wissen, wer von der Straße hier hereingeschneit kommt. Schon als Kind hat mir die Geschichte von Maria und Josef gefallen."

Er öffnete die Tür links vom Bett. „Hier ist ihr Badezimmer. Den Rest schaffen Sie schon."

Auf dem Weg zur Praxis ging Rune noch einmal die Ereignisse der letzten Stunden durch den Kopf. Er schlug seine Faust in die Hand. Wieso deckte sie den Schweinehund? Wer hatte ihr das angetan? Livs Wunde war ganz sicher nicht beim Aufprall im Auto entstanden, sondern einige Stunden vorher.

Das sah verdammt noch mal nach einem gewalttätigen Liebhaber oder Ehemann aus, und wenn das stimmte, war es kein Wunder, dass sie zurückgezuckt war, als er ihre Stirn desinfizierte. Oder ihre Angst, das Auto zu verlassen und mit ihm zu kommen. Natürlich, sie wollte keinen Mann an sich heranlassen. Er öffnete die Tür, und Mistel stürmte ihm mit wehenden Ohren entgegen.

Die Labradorhündin stammte aus einem großen Wurf, aber ihre Mutter hatte sie verstoßen. Er hatte sie Mistel getauft, weil er bei ihrer Ankunft in Adventsstimmung gewesen war. In den letzten Wochen hatte er sie mit der Flasche aufgezogen, und obwohl er sie erst vor wenigen Tagen entwöhnt hatte, war sie immer noch ein ungeschicktes Wollknäuel. Rune nahm sie hoch. Sie leckte ihm mit der rauen Zunge über das Gesicht.

„Hast du wieder Wache geschoben? Ja? Ich habe eine Neuigkeit für dich. Du bist nicht mehr das einzige Mädchen im Haus. Heute habe ich eine Schneefrau mitgebracht, auf die müssen wir gut aufpassen. Nein, nein, ist ja gut, du Süße …" Er lachte und hielt sie ein wenig weiter von sich weg. „Du bist also nicht mehr nur mit Che und mir in diesem Männerhaushalt." Er wandte den Kopf zurück, als sie ihm über die Nase leckte. „Sie heißt Liv. Du wirst sie lieben. Sie scheint mir fast genauso einsam wie du, als du vor meiner Tür lagst."

Wieder kratzte die Zunge über sein Gesicht. „Ja, ja, meine Kleine, jetzt hast du mich genug begrüßt. Ich weiß ja, du bist eine ganz wunderbare Aufpasserin."

Mistel bellte, und Rune stellte sie wieder auf den Boden. Dort fiepte sie und ehe er sich aufrichten konnte, vergrub sie sich sofort wieder in seiner Armbeuge. Weich und warm lag sie dort und blinzelte ihn aus Knopfaugen an. Er erinnerte sich, wie begierig sie die Milchflasche gesaugt hatte und nie genug bekommen konnte.

„Ja, du bist mein süßes Baby."

Einen Lidschlag lang spürte er Trauer, Kummer über all die Dinge, die er nie erlebt hatte und nie bekommen würde. Eine Familie und eine Frau, die ihn liebte. Die Geister der Vergangenheit ließen sich nicht in den Hintergrund drängen, zumindest nicht auf Dauer. Am Ende holten sie ihn immer wieder ein, so wie heute, und saugten sich Zecken gleich an ihm fest.

Tina hatte ihn verlassen, als er sie am meisten brauchte, nachdem sie Laurits geboren hatte. So groß seine Sehnsucht nach Nähe und Zärtlichkeit auch sein mochte, das Thema Liebe hatte er seit jenem Tag ein für alle Mal abgeschlossen.

Liv … Wieder schäumte die Wut in ihm hoch. Jemand hatte sie geschlagen. Wer machte so etwas? Er war schon in der Jugend von Mahatma Gandhi begeistert gewesen und hatte sich lange in der pazifistischen Szene ausgetobt. Und noch immer verachtete er jedes Machogehabe, jede Art von Gewalt.

Er setzte Mistel auf den Boden und richtete sich auf. Etwas war diesmal anders. So wie Liv eben vor ihm gesessen hatte, als er ihre Wunde säuberte, würde sie ihm eine schlaflose Nacht bereiten, nicht nur wegen ihrer Geschichte. Ihre Augen, grün wie der Mistelzweig über seiner Haustür, ihr krauses Haar, das sich wie ein roter Strom über ihren Rücken ergoss und ihre wundervoll geschwungenen Lippen. Wie wäre es wohl sie zu küssen? Er würde sie beide am liebsten im Laufe der Nacht bis zur Atemlosigkeit und zurück treiben.

Verdammt. Er musste sich zusammenreißen. Hatte er wirklich schon vergessen, wie es endete, wenn er eine Frau zu nah an sich heranließ? Diese Hirngespinste, die ihm sein unterzuckertes Hirn vorgaukelten, mussten sofort aufhören. Liv konnte ihm gefährlich werden.

Sein Problem war nicht, dass er nicht mehr an die Liebe glaubte. Er wusste, wie Liebe schmeckte, süß wie gut gereifte Kirschen und bitter wie schwarze Schokolade. Er hatte Tina geliebt, mehr als alles auf der Welt, aber es war nicht genug gewesen. Seine Liebe hatte ihre Beziehung nicht retten können, und sein Problem war, dass er die Folgen der Liebe fürchtete.

Wenn er Liv doch helfen könnte. Sie hatte sein Herz berührt, viel mehr als er sich eingestehen wollte.

Du hattest schon immer eine Schwäche für Streuner, würde seine Schwester Klara ihn necken. Egal ob Vier- oder Zweibeiner.

Liv schulterte ihren Rucksack, schlüpfte ins Bad und verriegelte sorgfältig die Tür, so wie sie es immer bei Martin gemacht hatte. Viel hatte sie nicht einpacken kön-nen, nur eine Handvoll Unterwäsche, zwei warme Pul-lover, eine Jeans und Skiunterwäsche, in der sie schlafen wollte. Sie sehnte sich nach einer heißen Dusche. Der Wasserstrahl würde ihre verspannten Muskeln massie-ren und lockern.

Nein, sie würde sich noch mehr verwöhnen. Sie hätte es in Gegenwart ihres attraktiven Lebensretters niemals zugeben, aber sie war bis auf die Knochen durchgefroren, und der Gedanke an ein warmes Bad ließ sie innerlich glühen. Da, mitten im Badezimmer gab es einen Whirlpool. Sie drehte den Wasserhahn auf und streifte die Jeans von den Hüften. Den Pullover und das langärmelige T-Shirt, das sie darunter trug, zerrte sie über den Kopf.

Wenn sie an Rune dachte, wirbelten Schneeflocken durch ihren Bauch. Genauso hatte es damals mit Martin angefangen. In seinem eleganten Anzug, mit der Attaché-Tasche unter dem Arm, war er in die Kondito-rei gekommen, und sofort hatte sie dieses Kribbeln im Bauch gespürt. Wie eben in der Küche … Sollte sie etwa …?

Gott behüte! Warum drängte Rune sich nur immer wieder in ihre Gedanken? Sie schüttelte den Kopf und schlüpfte aus der Unterwäsche. Was dachte sie sich nur dabei? Sie hatte ihn gerade erst kennengelernt. Es war unmöglich, dass sie etwas für ihn empfand – oder vielleicht doch? Sie konnte diese Frage nicht mit einem ehrlichen Nein beantworten. Was sollte das? Das war doch kompletter Unsinn. Sie wollte keine Beziehung, sondern einfach nur einen neuen Anfang für sich. In ihrem Leben war kein Platz für einen Mann. Sie trat an den Spiegel, nackt wie sie war. Wer würde ein Dickerchen wie sie überhaupt wollen, nachdem sie sich in so viele Schwierigkeiten manövriert hatte?

Ihr Blick wanderte langsam über die winterblasse und sommersprossige Haut, mit der sie sich erst spät ausgesöhnt hatte, über die Brüste, den leicht gewölbten Bauch und den Nabel, auf den sie sich immer etwas eingebildet hatte, zirkelrund und nicht wie bei ihren Freundinnen, wo er wie das Ende eines nach außen gestülpten Wurstzipfels aussah. Würde Rune sie trotz ihrer Rundungen attraktiv finden?

Das rote Haar flammte gegen die weißen Kacheln. Martin, ihr Ex, hatte ständig gepredigt, dass sie abnehmen müsse. Sie konnte ihn immer noch nicht verstehen, aber das war jetzt alles egal. Nie wieder würde sie eine Diät machen. Erst recht nicht, um jemand anderem zu gefallen.

Liv drehte sich um, träufelte Badeöl in den Whirlpool und tauchte vorsichtig die Zehenspitze ins Wasser. Erschrocken zuckte sie zurück, drehte das kalte Wasser auf und versank kurz darauf in die wohlige Wärme. Die Seitenstrahler massierten ihre harten Muskeln.

Morgen würde sie ihr Auto freischaufeln und weiterfahren. Sie musste so schnell wie möglich eine Bleibe und eine Arbeit finden. Hoffentlich schaffte sie es. Das war momentan ihre größte Herausforderung. Die Menschen hatten etwas anderes im Kopf, warteten auf Heiligabend, backten und gingen einkaufen. Wer suchte schon Arbeit im Dezember? Oder eine Wohnung? Nicht mal die heilige Familie hatte eine ordentliche Bleibe gefunden. O nein, durchbrich dein negatives Denkmuster. Deine Therapeutin würde es nicht mögen, wenn du immer vom Schlimmsten ausgehst. Das gibt nur bad feelings, meine Liebe.

Wie oft hatte sie versucht, einfach neutrale Gedanken zu fassen? Nicht immer negativ von sich selbst zu denken. Wusste überhaupt jemand, wie schwer das war? Wenn man sich unzulänglich und falsch vorkam?

Sie schloss die Augen. Sofort war er wieder da. Rune. Das blonde Haar fiel ihm lässig in die Stirn. Die Gesichtszüge markant und dominant. Vor allem seine Hände, die hatten sie fasziniert, als er sie verarztet hatte.

Verflixt, das hier musste aufhören, sonst mutierte sie noch zu einem Perückenschaf. Sie tauchte unter Wasser und hielt die Luft an. Wusste sie überhaupt, wer er wirklich war? Martin hatte zuerst auch wie Prince Charming gewirkt; erst später, als sie zusammengezogen waren, hatte er sich verändert. Wie hatte sie seine dunkle Seite nur übersehen können? Was hätte sie sich nicht alles erspart, wenn … Sch…eibenkleister, stopp, du kannst es nicht mehr ändern. Nur du kannst deinem Leben eine neue Richtung geben!

Sie ließ die Finger über ihren Körper gleiten und seufzte. Die romantische und zärtliche Seite hatte Martin schnell weggeschoben. Als sie ihm gesagt hatte, dass sie es liebte, wenn sie sich küssten und berührten, hatte er geschnauft. Glaubst du, ich will deine Fleischrollen kneten?

Mit jedem Tag, den sie mit Martin verbracht hatte, war ein Stück ihres Selbstbewusstseins geschmolzen wie Schnee in der Frühlingssonne, und zuletzt konnte sie sich selbst nicht mehr im Spiegel ansehen, ohne dass sein Mantra in ihrem Kopf echote: zu fett, zu fett, zu fett …

Niemand hatte bemerkt, wie es ihr ging. Anderen gegenüber spielte Martin den liebenswerten Mann, in den sie sich verliebt hatte.

Mit Rune wäre Sex sicher ganz anders. „Rune", seufzte sie und ließ die Fingerspitzen spielerisch und leicht über ihren Körper gleiten.

„Reden Sie von mir?" Sie sperrte die Augen auf, tauchte unter Wasser, schoss wieder auf und prustete. Verlegen bedeckte sie ihre Blöße und verschwand im Schaum.

„Überhaupt nicht."

„Habe ich nicht gerade meinen Namen gehört?"

„Es gibt unzählige Runes in meinem Leben."

Er strich sich die Haare aus der Stirn zurück und lächelte verschmitzt. Sie musste das verwirrende Gefühl, dass sein Lächeln in ihr auslöste, ignorieren.

„Was machen Sie hier überhaupt?"

„T'schuldigung, wenn ich Sie erschreckt habe. Die Tür war nicht abgeschlossen."

„Ich hatte sie doch zugemacht."

„Wahrscheinlich ist sie wieder aufgesprungen. Das kann passieren."

„Das gibt Ihnen kein Recht hier einfach hereinzukommen. Wie lange spielen Sie schon den Voyeur? Wenn Sie wenigstens geklopft hätten!"

30

„Aber das hab ich doch. Sie haben mich nicht gehört", erwiderte er. „Und dann konnte ich mich von dem wunderbaren Anblick nicht losreißen."

Liv schnaubte und funkelte ihn an. „Das ist nicht lustig. Gehen Sie bitte weg."

„Es ist die Wahrheit. Ehrlich gesagt, hab ich mir Sorgen gemacht."

„Sorgen? Ich sitze doch nur in der Badewanne!"

„Ist es so ungewöhnlich, sich um das Wohl seines Gastes zu sorgen? Das Zimmer war leer, und weil Ihr Rucksack verschwunden war, dachte ich, Sie hätten sich aus dem Staub gemacht und wären vor dem bösen Fremden geflüchtet, oder Sie wären im Badezimmer in Ohnmacht gefallen. Mit einer Gehirnerschütterung ist nicht zu spaßen."

Er hatte sich Sorgen um sie gemacht? Eine Welle der Erleichterung spülte über sie hinweg.

„Hier sind Schmerztabletten. Ich denke, die Wunde pocht. Und trockene Kleidung." Er legte die Tabletten neben das Waschbecken. Jeans und Sweatshirt platzierte er auf die Bank. Als er sich wieder zu ihr umdrehte und sie in seine blauen Augen sah, war es völlig um sie geschehen. Rasch wandte sie den Kopf ab. *Reiß dich endlich zusammen! Du tust ja so, als sei Rune der Mann deiner Träume. Du bist kein Teenager mehr, auch wenn du dich gerade so aufführst.*

Er sammelte ihre Kleider ein. „Die werfe ich in den Trockner."

„Tut mir leid, dass ich so patzig war. Ich wollte nur gerne allein sein."

„Keine Ursache. Ich gehe wohl besser, obwohl es recht verführerisch wäre, hier zu bleiben." Sein Blick glitt an ihrem Körper entlang. „Sie sind wirklich wunderschön."

„Äh … was?", stotterte sie verblüfft.

„Ich mag Sie. Trotzdem wird das nichts mit uns." Er schloss die Tür hinter sich. Liv blieb zurück, und wenn dort auf dem Waschbecken nicht die Blisterpackung und die Kleidung liegen würden, würde sie glauben, sie hätte eine Fata Morgana gehabt.

Solch ein Charmeur, das war zu viel nach diesem Tag. Sie hielt die Luft an. Hatte sie etwa schon vergessen, was passierte, wenn sie sich von gutem Aussehen und einem Quäntchen Charme blenden ließ? Sie wollte noch dagegen ankämpfen. Wenn es nicht schon zu spät war. Und er hatte ja auch gesagt, dass das mit ihnen nichts würde. Sie hatte also eine Sorge weniger.

Er schälte den Granatapfel, als das Telefon klingelte. Während er den Finger ableckte, schaute er auf das Display. Klara, seine kleine Schwester.

„Ja, was ist los, Klara?"

„Ein bisschen freundlicher geht es sicher auch, oder?"

„Sorry, ich koche gerade."

„Ich wollte nur hören, ob alles in Ordnung bei dir ist. Das Wetter spielt ja mal wieder verrückt."

„Stimmt, ich bin froh, wieder zu Hause zu sein."

„Was? Warst du etwa draußen? Bist du völlig übergeschnappt?" Klara schrie so laut, dass er den Hörer etwas vom Ohr weghielt. Sie war immer so besorgt um ihn.

„Ich hatte einen Termin."

„Okay, kranke Tiere sind natürlich eine gute Ausrede. Lass mich raten … War es wieder Dinas altersschwacher Collie?"

„Ja." Er rieb sich die müden Augen. „Ich war bei Dina."

„Also wirklich, ich hab immer das Gefühl, dass sie dich mehr braucht als der Hund. Gibt sie ihm irgendwas zu essen, damit sie dich rufen kann?"

„Nein, Puma ist alt. Ich denke, bald muss sie ihn einschläfern lassen."

„Ach du Scheiße, das tut mir leid."

„Mir auch, du weißt ja, wie es mir dann geht."

„Und genau deshalb habe ich mich für den Teesalon entschieden. Deine Arbeit würde mir einfach zu sehr an die Nieren gehen." Sie räusperte sich. „Was anderes Bruderherz, hast du schon alles für Mamas Geburtstag vorbereitet?"

„Nein, ein paar Tage habe ich noch, und Frederik kommt und hilft mir. Ich hab nur das Fleisch und die Kartoffeln gekauft. Die frischen Sachen bringt Frederik mit. Klara, ich muss aufhören."

„Warum? Genießt du es nicht, mit mir zu reden? Heute kannst du doch sowieso nichts mehr machen, du alter Einsiedlerkrebs."

„Heute kann ich sehr wohl noch was machen …"

„Okay, lass mich raten, so aufregende Dinge wie Buchhaltung, Bestellungen oder Weihnachtsgeschenke einpacken? Das Letzte finde ich ja noch ganz nett, vor allem, wenn du eine Kleinigkeit für mich haben solltest."

„Was hältst du von einem Essen mit einer hübschen Frau?"

„Wirklich? Du bist nicht allein?"

„Nein, ich habe Mistel und Che …"

„Du Lügner, Frauen haben zwei und nicht vier Beine."

„Ich lüge nicht. Lass mich doch mal ausreden."

„Okay, wer kommt noch? Hoffentlich nicht Dina, sie tut dir nicht gut."

„Nein, sie hießt Liv."

„Du hast dich verliebt und hast mir nichts erzählt. Du Mistkerl, ich …"

„Klara, ich habe mich nicht verliebt, sondern Besuch."

„Du flunkerst doch, wer sollte bei diesem Wetter bei dir sein?"

„Jemand, der vom Weg abgekommen ist und nicht weiterfahren kann."

„Ist sie wenigstens hübsch und nett?"

„Das Erste in jeder Hinsicht, sie hat rotes Feenhaar, nett … Tja, das wird der Abend zeigen. Bisher war sie ein wenig ruppig."

Klara lachte. „Also gut, ich lasse dich in Ruhe. Und verlass dich drauf: Ich rufe dich morgen an. Ich muss unbedingt wissen, was passiert ist."

„Sie ist nur hier wegen des Sturms."

„Ich weiß, ich weiß, aber was nicht ist, kann ja noch werden …"

„Gehen Sie schon ins Wohnzimmer vor. Ich komme gleich mit dem Essen." Rune legte ihr die Hand in den Rücken und schob sie regelrecht weiter.

„Ich helfe Ihnen gern."

„Fühlen Sie sich einfach wie zu Hause."

„Eben!", protestiere sie. „Deshalb frage ich Sie ja. Dort würde ich in der Küche mithelfen."

Er lachte sein tiefes Lachen, das ihre Beine ganz quarkweich machte. „Heute sind Sie mein Gast. Sehen Sie sich einfach ein wenig um, und entspannen Sie sich."

Sie stakste auf Wattebeinen zum Bücherregal, das die ganze Wand bedeckte. Mit den Fingern liebkoste sie die Buchrücken. Abgeschabte Taschenbücher, kunstvoll eingebundene Schmöker. Hardcover neben abgegriffenen oder rissigem Leder. Was für eine Vielfalt von Titeln! Sie legte den Kopf schief. Graham Greene, W. Somerset Maugham, Andersen Nexø, Peter Høeg, Helle Helle, Marianne Frederiksen und Ken Follett … Neben den skandinavischen Autoren standen internationale Koryphäen wie Haruki Murakami, Ildefonso Falcones und Carlos Ruiz Zafón, und Thriller von Fitzek und Lisa Scottoline. Das waren alles Bücher, die sie vor dem Schlafengehen im Bett verschlang, oder die auf ihrer Wunschliste standen. Zumindest würden ihr beim Abendessen mit Rune nicht die Gesprächsthemen ausgehen. Es gab genug Geschichten, in die sie hier eintauchen, die sie stundenlang diskutieren könnten: Welche Buchfigur haben Sie nie vergessen? Gab es eine Szene, wo Ihnen das Essen angebrannt ist? Wen würden Sie gern eigenhändig ermorden und warum?

Sie blieb vor den gerahmten Familienfotos stehen. Auf dem größten war eine feingliedrige grauhaarige Frau mit einem warmen Lächeln zu sehen, umgeben von ihren Kindern und Enkeln. Offensichtlich gab es keinen Vater mehr.

Rune trat neben sie, ein Geschirrhandtuch locker über die Schulter geschwungen. Seine Füße waren immer noch nackt. Hatte der Mann keine Schuhe? Oder zumindest Socken?

„Das Bild ist vom 65. Geburtstag meiner Mutter."

„Sie ist eine attraktive Frau."

„Ja, das stimmt. Bevor sie meinen Vater geheiratet hat, war sie Balletttänzerin beim Königlichen Schauspielhaus in Kopenhagen. Sie gab ihre Karriere für ihn auf."

„Das muss Liebe gewesen sein. War es nicht schwer? Ich meine, wenn sie den Tanz liebte? Und die Reaktionen des Publikums?"

„Sie hat nie darüber gesprochen, aber ich denke, ja, es war nicht einfach. Auch weil ihnen nicht viele Jahre vergönnt waren."

Liv runzelte die Stirn. „Was ist passiert? Ist Ihr Vater gestorben?"

„Ja, das ist er."

„Das tut mir leid."

„Er starb viel zu früh. Klara, meine kleine Schwester, war gerade drei Jahre alt geworden, als er beim Reiten vom Pferd fiel. Schlaganfall. Jede Hilfe kam zu spät."

Liv musterte sein Gesicht. Ihm war deutlich anzusehen, wie sehr er seinen Vater immer noch vermisste. Vielleicht tat es ihm gut, seinen Verlust in Worte zu fassen?

„Hat Ihre Mutter wieder geheiratet?"

Runes Haare schimmerten im Licht der Kerzen. „Nein, es gab niemanden mehr, nicht einmal eine Verabredung."

„So attraktiv wie sie ist, da muss sie doch Angebote gehabt haben ...", sinnierte Liv.

„Vielleicht. Mit uns fünf Kindern war sie gut beschäftigt. Dann der Reiterhof. Immer war was los. Die Nachbarskinder aßen bei uns, es gab unendlich viel Gelächter und noch mehr Zoff. Ich fürchte, wir Jungs waren richtige Rabauken und meine Schwestern miese Zicken." Er sagte es mit einer liebevollen Stimme. Wie sehr er seine Familie liebte! Er würde sicher alles für sie tun. Sie hatte sich als Kind eine richtige Familie gewünscht, aber es hatte immer nur sie, ihre Mutter und Frau Sommer, gegeben. Frau Sommer hatte sich um sie gekümmert, wenn ihre Mutter wieder einmal von Alkohol umnebelt war.

„Ich hab mir als Kind so sehr Geschwister gewünscht."

„Fragen Sie lieber nicht meine Schwestern. Helene wollte mich verkaufen, weil ich ihr Regenwürmer und Eidechsen ins Bett gelegt hab. Henrik hat sogar einmal eine tote Maus in Klaras Gummistiefel gesteckt."

Er nahm das Bild und strich liebevoll über die Gesichter. „Helene ist vierunddreißig und Reisejournalistin. Leider reden wir eher online als in natura, so viel ist sie unterwegs."

Liv betrachtete die hochgewachsene Frau mit den raspelkurzen Haaren, die aus vollem Hals in die Kamera lachte. Eine Julia Roberts mit kurzen Haaren. Sie zeigte auf den dunkelhaarigen Mann an ihrer Seite.

„Ist das ihr Mann?"

„Das ist David, den sie in Jerusalem aufgegabelt hat. Sie haben eine Weile zusammengearbeitet. Eigentlich dachten wir, dass sie heiraten würden. Aber … Helene ist wieder Single. Seit dem Bruch hat sie nur noch eins im Kopf: Karriere, Karriere, Karriere …"

„Manchmal täuscht man sich in den Menschen."

„Ja, das stimmt."

Da war wieder diese tiefe Traurigkeit in seiner Stimme, eine Dunkelheit, die sie gerne vertrieben hätte.

Rune räusperte sich und nahm das nächste Foto in die Hand. „Das hier ist Frederik, unser Koch."

Sie nahm den Rahmen in die Hand. Frederik war ohne Zweifel ein abenteuerlustiger Mann. Seine Augen blitzten tatenlustig. Er trug einen Pferdeschwanz, hatte die ebenmäßigen Züge seiner Mutter geerbt. Sie wusste nicht recht, was sie sagen sollte. „Er sieht nett aus."

„Ist er auch. Und er löst Konflikte mit gutem Essen."

„Das hört sich für mich recht plausibel an. Wenn man etwas im Mund hat oder kaut, kann man nicht gleichzeitig schlagen. Oder schimpfen."

„Ehrlich? Ich habe es noch nicht ausprobiert. Vielleicht sollten wir es versuchen. Es gibt ja für alles eine Premiere."

„Ich will meine Zeit lieber konstruktiv nutzen. Wer ist das Baby dort? Ist das Frederiks Kind?"

„Nein, das ist Laurits, mein Sohn."

Wo ist deine Frau, überlegte sie, als er schwieg. Und wo ist Laurits jetzt? In diesem Haus gibt es keine Spuren von Kindern. Nur einen Kater, der ihr immer wieder um die Beine strich und dessen Fell so weich wie der Bart des Weihnachtsmanns war.

„Und das ist unser Kleiner, Henrik." Rune wies schmunzelnd auf einen hochgewachsenen Mann, der ernst in die Kamera blickte. „Er hat den Bibelspruch wohl sehr persönlich genommen. Die Kleinsten sollen die Größten sein, oder so was. Gibt es den nicht?"

„Ich glaub schon. Frau Sommer, meine Nachbarin, hat mal was in der Art zitiert."

„Ist auch egal. Henrik ist der Jüngste von uns Jungen, aber er ist der Größte von uns allen. Er ist Architekt und hat dieses Haus für mich entworfen. Neben ihm, das sind Mia, seine Frau, und die Zwillinge Anna Lena und Lisa Marie." Er fuhr mit dem Finger weiter über das Foto. „Und dort ist Klara, unser Nesthäkchen. Sie macht gerade ihren Teesalon auf."

„In Kopenhagen?"

„Ja, mitten in der City. Schon als Kind hat sie mit ihren Puppen Teegesellschaften in ihrem Kinderzimmer veranstaltet."

„Hoffentlich ist der Tee heute stärker als damals."

„Die Musik erinnert mich an … gute Zeiten", sagte sie, während er die Gemüsepfanne aus dem Ofen holte und auf den Tisch stellte. „Ich mag Ihr Haus, es hat so viel Atmosphäre."

Er drehte sich um, und sie erwiderte sein Lächeln. An den Fenstern rüttelte der Wind und aus dem CD-Player sang Sissel Kyrkjebø. „Wer so wohnt und so kocht, kann nichts Böses wollen."

„Wer sollte Ihnen etwas Böses wollen?" Sofort tat ihm die Frage leid, als er sah, wie sie vorsichtig die Platzwunde an ihrer Stirn berührte.

„Man könnte auch anders fragen: Warum sollte mir jemand etwas Gutes tun?" Sie wich seinem Blick aus. „Menschen sind nicht immer so, wie wir glauben. Man kann sich sehr in ihnen täuschen."

„Ich kenne dieses Gefühl, Liv, aber ich wünschte, Sie könnten trotzdem an das Gute glauben."

„Weil bald Weihnachten ist? Und weil es so schön ist, wenn überall Friede, Freude, Eierkuchen herrscht?"

Rune legte seine Unterarme auf den Tisch und schaute sie lange an. Das Feuer im Kamin knackte. „Nein, einfach weil es Ihnen besser ginge. Und weil es genauso viele gute Menschen gibt wie schlechte."

„Natürlich, statistisch gesehen schon. Das ist eine mathematische Gleichung. Leider häufen sich die negativen Fälle in meinem Leben."

Liv sah zur Seite und betrachtete ihr Gesicht in der Fensterscheibe. Er würde so gerne mehr von ihr wissen, aber sie war noch nicht bereit, von sich zu erzählen. Sie presste die Lippen aufeinander, als wenn sie sich dazu zwingen wollte, zu schweigen. Dabei würde es ihr sicher helfen, das, was ihr durch den Kopf ging und was sie erlebt hatte, einfach in Worte zu fassen und mit jemanden zu teilen. Die Flammen prasselten. Funken stoben in die Luft. In die Stille hinein fragte er: „Warum erzählen Sie mir nicht, was wirklich passiert ist?"

Sie ließ die Gabel sinken. „Das wollen Sie gar nicht hören."

„Würde ich Sie dann fragen? Ich kann gut zuhören. Machen Sie nicht alles nur mit sich aus."

„Ich bin doch bald wieder weg. Wir werden uns nicht mehr sehen." Ihre Blicke verhakten sich, und ihre grünen Augen bohrten sich sofort in sein Herz. Ein zitteriges Gefühl machte sich in seinem Bauch breit. Verdammt, wo führte das hier nur hin? Reden war doch nicht gefährlich. Er wollte ihr nur helfen. Es war nicht zu übersehen, dass sie verletzt war. Dies hier war eine Krisensituation.

„Vielleicht ist es sogar leichter alles einem Fremden zu erzählen, von dem Sie wissen, dass Sie ihn nicht wiedersehen werden." Er räumte die Teller ab und servierte den Spinatsalat mit Feta und roten Granatapfelkernen. Grün, weiß, rot. Die Farben Italiens. Grün wie die Hoffnung und das Leben, jeglichen Wachstums, weiß wie die Unschuld und den kindlichen Glauben an das Gute und rot wie Liebe und wie Blut.

Über den Tisch hinweg beobachtete er, wie sie stumm vor sich hin kaute. Plötzlich, als hätte ein Weihnachtsengel ihm die Worte ins Ohr geflüstert, fragte er: „Warum flüchten Sie?"

„Darf ich nicht einige Minuten die Stille genießen?"

„Natürlich, das meinte ich auch gar nicht. Warum laufen Sie weg … oder fahren vor etwas oder jemanden davon."

„Martin, mein Ex, war einmal ein anderer …" Sie verzog das Gesicht zu einem unbeholfenen Lächeln. „Er war meine Rettung, charmant und nett. Tja, attraktiv war er auch und einen tollen Job hatte er, das war noch ein Bonuspunkt mit dem ich niemals gerechnet hatte. Für so eine wie mich war er ein absoluter Glücksgriff."

„Für so eine wie Sie?"

„Meine Mutter war Alkoholikerin. Wenn sie ihren Rausch ausschlief oder sich mit Männern vergnügte, war ich mir selbst überlassen. Mehr als oft. Ich hätte das wahrscheinlich nicht so gut überstanden, wenn Frau Sommer nicht gewesen wäre."

„Was für ein wunderbarer Name! Ist das die bibelfeste Dame, die Sie eben erwähnt haben?"

„Ja, und der Name passte auch auf sie. Wenn ich zu ihr kam, war es, als wenn der Winter von zu Hause ein Ende hätte!" Sie lachte glücklich.

„Was war so besonders? Was konnte Frau Sommer, was andere nicht konnten?"

„Vieles, viel zu viel, um es in Worte zu fassen."

„Versuchen Sie es einfach."

„Sie hat mich gesehen. Und sie hat gehandelt. Ich war ihr nicht egal."

„Eine Frau mit Zivilcourage."

„Viel zu viele haben weggeschaut, dachten, dass es sie nichts angeht, wenn ein Kind nicht gut versorgt wird."

Rune nickte und rieb sich die Augen. „Ja, leider passiert das oft."

„Frau Sommer hatte nicht nur Zivilcourage und Prinzipien, sondern auch eine kleine Konditorei im Nachbarhaus. Dort duftete es immer so herrlich nach Zuckerguss, nach geschmolzener Schokolade, Muffins und Beeren … Erst hab ich mir die Nase an der Scheibe plattgedrückt und mich nicht hereingetraut. Sie hat mich gesehen und mir durch ihr Winken gezeigt, dass ich in den Laden kommen sollte. Ich war scheu wie ein Rehkitz und rannte weg, versteckte mich hinter einer Buche."

„Warum sind Sie weggelaufen?"

„Ich hatte kein Geld, und in Geschäften war man nur willkommen, wenn man bezahlen konnte. Das wusste ich längst, war auch schon ein paar Mal beim Stehlen erwischt worden. Keine Sorge, die Zeiten sind vorbei. Ich sah erbärmlich aus, abgerissen, mit speckiger Kleidung, rotziger Nase, rotgeweinten Augen und zerzaustem Haar."

„Und?" Rune beugte sich vor. „Wie hat sie Sie geködert?"

„Ich erinnere mich genau an den Tag. Mutter war so umnebelt, dass sie nicht mitbekommen hat, dass ihr Lover auch an mir interessiert war. Er machte mir Angst, und ich wollte nur weg, nicht länger seine Pranke auf meinem Körper fühlen. Er ekelte mich. Als er anfing, an mir zu fummeln, machte ich das Einzige, was ich gelernt hatte. Ich floh."

„Er war sicher viel stärker und schneller als Sie?"

„Schon, aber auch wackelig auf den Beinen. Er hatte sich gut mit Wodka und Gammel Dansk abgefüllt. Ich rammte ihm mit aller Kraft mein Knie in den Schritt, und schon war er noch wackeliger. Mein Kleid zerriss, als er mich festhalten wollte. Also …" Sie räusperte sich und fuhr sich mit dem Handrücken über die Augen. „Also lungerte ich auf der Strasse herum. Ich war müde, hatte Angst nach Hause zu gehen und war hungrig bis zum Umfallen. Der Duft, der aus der Konditorei kam, jedes Mal, wenn sich die Tür öffnete, es war einfach zu verführerisch und zu grausam."

„Wie lange haben Sie sich versteckt?"

„Lange. Genau kann ich das nicht mehr sagen. Frau Sommer stellte einen Teller mit drei verschiedenen Cupcakes auf einen der Tische vor der Konditorei, winkte mir zu und rief: ‚Du da, bist du nicht Liv? Die mit den wunderschönen Haaren? Hilfst du mir mal kurz?'"

Rune lachte und schüttelte den Kopf. „Helfen? Cupcakes vom Vortag essen, oder was?"

„Ich war auch verwirrt. Freundlichkeit war ich nicht gewohnt. Also lugte ich hinter dem Baumstamm hervor und nickte. Was wäre, wenn sie sich mit meiner Mutter abgesprochen hatte? Sie tat, als wenn ich ‚ja' gesagt hätte und sagte laut und deutlich: ‚Ich habe heute einige neue Cupcakes gebacken, und bin mir nicht sicher, ob die gut genug sind, damit ich sie hier servieren kann. Willst du nicht mein Cupcake-Vorkoster sein?'"

„Sind Sie zu ihr gegangen?"

„Nein. Ich war so misstrauisch, dass ich keinem Erwachsenen über den Weg traute."

„Irgendwie hat sie Sie doch berührt. Was ist passiert?"

„Sie hat es gemacht wie der Fuchs und der kleine Prinz von Saint-Exupéry."

„Sie hat Sie gezähmt?"

„Genau. Sie hat einfach den Teller stehen gelassen. Und am nächsten Tag hat sie wieder Kostproben herausgestellt.

Und den nächsten Tag auch. Immer wieder. Es war Sommer, so warm, dass die Kleider an meinem Rücken klebten, und ich habe mich einige Tage von Zuhause weggestohlen und im Garten hinter der Kirche unter einem Rhododendron geschlafen. Und eines Tages kam sie raus, als ich den Kuchen wie ein Tier verschlang."

„Und?" Er musste unbedingt wissen, wie es weiterging. Es war erstaunlich, was Liv hinter sich hatte.

„Sie hat mir über die verfilzten Haare gestrichen, eine Geste, die mich ganz tief berührt hat, und gesagt: ,Weißt du Liv, es ist ja gut, dass du mein Vorkoster bist. Du musst mir sagen, ob die Kuchen gut sind und mir helfen, sie noch besser zu machen.' Da bin ich mit ihr in die Konditorei gekommen, mein Herz hat bis in den Hals gehämmert, denn die Kunden an den Tischen erdolchten mich mit ihren Blicken."

„Du bist einfach mitgegangen?"

„Ich war heilfroh, als ich in der Küche ankam. Es war so offensichtlich, dass die Gäste mich nicht mochten, aber Frau Sommer sagte nur: ,Das ist übrigens Liv, ein ganz bezauberndes Mädchen, das gerade hingefallen ist. Sie hilft mir immer. Hat sie nicht wunderschöne rote Haare? Das ist richtiges Feenhaar …' Seitdem kam ich dort regelmäßig, sie wusch mich und sorgte dafür, dass ich ordentlich gekleidet war, meine Hausaufgaben machte, ein Pausenbrot mithatte. Eigentlich fütterte sie mich mit ihrer Liebe und ihren Plätzchen. Was man immer noch sieht." Sie tätschelte sachte ihren Bauch.

„Sie sind hübsch, Liv, genauso wie Frau Sommer es gesagt hat. Jeder, der etwas anderes sagt, lügt."

„Wie dem auch sei. Ich verbrachte jede freie Minute bei ihr. Wir backten, machten Konfekt. Ich war achtzehn, als sie starb, und ich erbte plötzlich eine Konditorei. Frau Sommer wusste, was mir der Ort bedeutete, und weil sie keine Kinder hatte, hat sie mir ein Zuhause geschenkt. Martin war der Erste, der sich nach ihrem Tod für mich interessierte. Am ersten Tag kaufte er eine Schachtel Brownies, am nächsten eine Ladung Cupcakes, und so blieb er nicht nur immer länger im Laden, sondern auch in meinem Leben. Allerdings hatte er nicht nur die Schokoladenseite, die ich erst kennenlernte …"

Ihre Beklemmung sprang auf ihn über. Er legte seine Hand auf die ihre, und Liv zuckte unter der Berührung zusammen.

„Und?"

„Ich löste mich auf an seiner Seite, ich verschwand einfach."

Lange schwiegen sie sich an. Nur das Holz im Kamin knackte, Flammen prasselten. Liv stierte vor sich hin, als wollte sie mit ihrem Blick ein Loch in die Tischdecke brennen. Ob die Erinnerungen an Martin sie übermannten? War sie blind vor Liebe gewesen? Was hatte sie sich erträumt? Wie war der Traum zerbrochen?

„Woran denken Sie gerade?"

„Was?" Sie blinzelte irritiert. Offenbar hatte er sie aus ihren Gedanken gerissen. „Nein, ich … äh …"

„Martin hat Sie geschlagen?"

„Ja, hat er. Jetzt fange ich noch mal neu an. Ohne Martin."

Sie ballte ihre Hände zu Fäusten so hart, dass die Knöchel weiß hervortraten. Sicher würde sie es schaffen, aber es würde nur nicht leicht werden.

„Gut. Kein Mann sollte eine Frau schlagen. Haben Sie jemanden, der Ihnen hilft? Der Sie beschützt?"

„Ich komme klar. Und Sie? Haben Sie das schon einmal versucht? Einen Neuanfang zu wagen?" Sie wollte
also nicht mehr über ihr Leben reden. Wahrscheinlich
ging es ihr zu nah. Als wenn er ihr Fluchtmanöver nicht
bemerkt hätte. Er sollte wohl auspacken. Also gut.

„Ja, nachdem Laurits …"

„Was ist damals passiert? Hatte er einen Unfall? Und
wo ist Laurits Mutter? Ich meine, nur Sie wohnen hier
und natürlich Che …"

„Sie haben Recht, ich wohne allein hier. Mit meinen
Tieren." Che schnurrte, streckte sich und strich um Livs
Fuß, als wollte er, weil er seinen Namen gehört hatte, auf
sich aufmerksam machen.

„Wo ist Ihre Frau?"

„Tina? Ich weiß es nicht."

„Das glaube ich nicht."

„Doch. Sie meditiert irgendwo in Indien. Das ist gut
für ihr Karma. Ihren Sohn hat sie einfach vergessen."

Er brauchte Bewegung, stand auf und ging in die Küche, schuf Abstand, um von der Trauer nicht überwältigt
zu werden. Seine Hände waren schweißnass, wie immer,
wenn er an damals dachte, und sein Herz raste. Er öffnete den Kühlschrank, nahm eine offene Weinflasche
und ging zurück ins Wohnzimmer, zwei Weingläser und
eine Flasche im Kühler in der Hand. Er schenkte den
Wein ein, bernsteinfarben, mit goldenen Sprenkeln.

„Lassen Sie uns auf einen Neuanfang anstoßen.

„Ich … also es tut mir leid. Ich trinke nicht. Familien-
schaden …"

„Dachte ich mir doch. Dies ist alkoholfreier Wein." Er
reichte ihr das Glas. „Auf das Leben, auf die Zukunft.
Auf Ihren Neuanfang."

Sie prosteten sich zu, und er sah sie unverwandt an. Liv hätte beim besten Willen nicht sagen können, was Rune dachte; aber sie fühlte, dass er sie genauso brauchte und begehrte, wie sie ihn. Gott bewahre, sie brauchte so vieles, aber sicher keinen Mann, auch wenn er gut zuhören konnte. Noch nie hatte sie jemanden von jenem Tag hinter der Buche erzählt, nicht einmal Martin. Wie hatte Rune das bloß geschafft?

Sie stand auf und ging zum Fenster. Sein Blick hatte sie mit voller Breitseite erwischt. Wenn er wüsste, dass sie schwanger war, würde er sowieso die Finger von ihr lassen. Das Kind eines anderen erben … Was war nur los mit ihr? Warum sollte er überhaupt was von ihr wollen? Sie bildete sich das alles nur ein.

In diesem Augenblick wehte ein Hauch seines Aftershaves zu ihr herüber, und Liv schloss kurz die Augen. Es roch verführerisch herb, so dass es ihr schwerfiel, an ihren Vorsätzen festzuhalten. Im Fenster sah sie, wie er auf sie zukam. Sie drehte sich um, und da war sein Körper, die Wärme, die ihn wie eine beschützende Aura umhüllte.

Ihr Gesicht war so nah bei seinem, dass sie seinen Atem auf ihrer Haut spüren konnte. Die Luft zwischen ihnen loderte. Sie hatte nur noch einen Wunsch. Alles andere war egal. Sie wollte sich in seiner Gegenwart verlieren. Aus einem Impuls heraus küsste sie ihn. Rune zog sie an sich und erwiderte ihren Kuss so leidenschaftlich, dass die Welt um sie herum zu versinken schien. Der Kuss übertraf alles, was sie bisher erlebt hatte. Wenn er so küsste, wie mochte es erst sein, wenn er …

Ein Zweig pochte ans Fenster, und das Geräusch riss sie in die Gegenwart zurück. Sie taumelte ein paar Schritte zurück.

„Ich kann das nicht, Rune, ich …"

„Tut mir leid … Ich wollte Sie nicht überrumpeln."

Als sie sein zerknirschtes Gesicht sah, musste sie etwas sagen. „Es ist nicht Ihre Schuld."

„Doch, Sie sind mein Gast und ich …"

„Ich weiß sehr wohl, was ich getan habe. Zu einem Kuss gehören zwei, und eine davon bin ich", unterbrach sie ihn.

„Gut, dann ist wohl …"

Erneut schnitt sie ihm das Wort ab. „Ziehen Sie bitte keine voreiligen Schlüsse, Rune. Dies hier hat nichts, aber auch gar nicht zu bedeuten. Es war ein schwacher Moment. Ich habe mich hinreißen lassen. Vergessen wir es einfach und sprechen nicht mehr davon."

16.Dezember

Nachdem Liv aufgewacht war, sah sie sofort aus dem Fenster. Immer noch taumelten Schneeflocken vom Himmel, sachte und still. Also keine Entwarnung. Und sie hatte gehofft, dass die Straßen im Laufe des Tages endlich wieder frei würden. Trotzdem, was sie sah, war atemberaubend schön. Sie konnte ihre Augen kaum losreißen. Die Schneedecke glitzerte und funkelte, wie von unzähligen Diamanten übersäht. Vor dem Fenster wippte mit weißen Hauben überzogener Strandhafer im Wind. Zwischen den Hügeln schimmerte das Meer, eisblau, von Schaumkronen bedeckt. Gestern hatte sie nicht sehen können, dass sich das Haus an die Steilküste klammerte und den Blick über das Kattegat freigab.

Warum nur hatte sie Rune geküsst? Sie war so eine verfluchte Romantikerin. Als wenn sie einen Mann finden würde, der sie liebte. Jemand, der ihr all das gab, was ihre Mutter ihr verweigert hatte: Liebe. Zuneigung. Akzeptanz.

Frau Sommer war wie eine Ersatzmutter für sie gewesen, diese grauhaarige Konditorin, die das Leben

49

eines jeden Menschen versüßen wollte. Mit ihren zuckerigen Kuchen und Desserts hatte sie in ihr den Traum gepflanzt, dass sie Glück verdiente. Dass das Leben auch etwas Gutes für sie im Ofen hatte. Sie hatte sich schrecklich getäuscht.

Fast wäre sie in Runes Armen dahingeschmolzen. Wie ein verrückter Teenager führte sie sich auf. Dabei war sie doch kein Intelligenzallergiker, nie gewesen. Immer hatte sie versucht die Welt mit ihrem Kopf zu verstehen und zu erklären, was da passierte. Ihre Gefühle, ihre Wut, ihre Enttäuschung zu analysieren, damit sie den Schmerz aushalten konnte.

Ihre Hand strich über den Bauch. Wie passierte bloß mit ihr? Wie konnte das nur geschehen? Sie hatte sich doch gerade von Martin getrennt, und trotzdem hatte sie die ganze Nacht wach gelegen, nur an Rune und seinen Kuss gedacht. So ein verkorkster Schwachsinn. Sie hatte sich sogar gewünscht, dass er wieder in ihr Zimmer kommen würde.

Nach dem Abendessen hatte sie sich ins Gästezimmer zurückgezogen. Sie hatte den Schlüssel umgedreht, nicht weil sie Rune nicht traute, sondern weil sie sich selbst nicht mehr vertraute. Es war, als wenn ihr Kopf wie ein Magnet war, der nur noch einen Gedanken anzog: Rune. Rune. Rune. So wie die Schallplatten von Frau Sommer, die sich manchmal in einer Rille verfingen, und immer wieder den gleichen Text abspulten.

Dass sie hier festsaß, machte die Sache nicht leichter. Insbesondere da sie nicht richtig wusste, was sie mit der unfreiwilligen Gefangenschaft anfangen sollte. Aber sie musste etwas tun. Sie würde frühstücken. Sicher konnte sie sich später nützlich machen.

Er kauerte an seinem Schreibtisch und stierte in den Computer. Zum Jahresende musste er die Buchhaltung auf Vordermann bringen, und nachdem er die Tiere im Morgengrauen versorgt hatte, hatte er sich ins Büro verkrochen. Die Nacht war furchtbar gewesen. Er hatte sich im Bett herumgewälzt wie Mistel im Schnee, aber es hatte ihm keine Erleichterung gebracht.

Gar nichts klappte. Die Zahlen ergaben einfach keinen Sinn. Er konnte machen, was er wollte, die Kolonnen von Einnahmen und Ausgaben marschierten heute nicht im Stechschritt. Er war mit seinen Gedanken woanders.

Er war bei ihr. Immer wieder sie. Die roten Haare. Feenhaare, hatte diese Frau Sommer gesagt. Was sie wohl für ein Mensch gewesen war? Er mochte Menschen, die Verantwortung übernahmen, davon gab es viel zu wenig. Wie gut, dass Liv diesen Schuft verlassen hatte, jetzt wo sie ein Kind erwartete. Auch wenn Liv es noch nicht erzählt hatte, so wie sie ihren Bauch berührte, musste sie schwanger sein.

Wenn dieser Martin ihm unter die Augen treten würde, Gnade ihm Gott. … Mistel verlagerte ihr Gewicht, legte ihren Kopf auf seinem nackten Fuß und kaute am Saum seiner Jeans. Gedankenverloren tätschelte er sie, kraulte ihren flauschigen Nacken.

„Ist schon gut, Süße, bitte lass meine Hose heil. Die letzten drei hast du schon löcherig gebissen, und momentan kann ich nicht aus dem Haus."

Wuff …

Er seufzte. Er war hierher geflohen, weil er ihr aus dem Weg ging. Seit dem Kuss wirbelte sie in seinem Kopf herum, fing ihn mit dem Feenhaar. Er schüttelte den Kopf, als wenn er die Gedanken vertreiben könnte, und beugte sich resigniert wieder über die Zahlen. Ein Versuch war es wert.

Wuff …

Warum bellte Mistel? Er hob den Kopf und schaute aus dem Fenster. Dina. Schon wieder. Ob etwas mit Puma war? Hoffentlich musste er ihn nicht noch vor Weihnachten einschläfern.

Sie öffnete die Küchentür und schnupperte begeistert. Der Duft frisch gebackener Brötchen kitzelte ihre Nase. Wunderbar. Ein warmes Brötchen mit einem Klecks Butter, der schmolz. Sie kannte nichts Besseres, als Butter, deren Rand sich langsam goldgelb auflöste und im weichen Teig verschwand. Ihr Magen knurrte hungrig.

Sachte schloss sie die Tür hinter sich. Der Frühstückstisch war gedeckt. Erwartete Rune noch andere Gäste? Gab es hier immer so viel zu essen? Sofort erhob Che sich von seinem Fensterplatz, sprang herunter und strich ihr um die Beine, dabei miaute er laut. Sie kraulte ihn zwischen den Ohren. Kerzen brannten auf dem Adventskranz und tauchten den Raum in warmes Licht. Im Radio spielten Weihnachtslieder. Das war etwas zu früh für ihren Geschmack, aber so war es immer. Wenn es endlich Weihnachten war, war der Zauber schon vorbei, verpufft wie ein Neujahrsfeuerwerk in der schwarzen Winternacht.

Sie setzte sich auf die Eckbank und seufzte entzückt. Wie lecker! Und was es alles hier gab. Der Tisch bog sich geradezu. Neben den Brötchen waren da noch Schokoladencroissants mit einen dicken Streifen Glasur über der butterig leichten Oberfläche. Goldgeber Tee. Quark, bernsteinfarbener Heidehonig, Camembert und Emmentaler mit Mäuselöchern, ein orangeroter Cheddar und bittere Limettenmarmelade. Am Brotkorb lehnte ein Zettel.

„Ich arbeite in der Praxis. Fühlen Sie sich wie zu Hause. Handgepresster Orangensaft steht im Kühlschrank. Ich will nur sichergehen, dass Sie bei diesen Temperaturen die notwendigen C Vitamine bekommen." Darunter hatte er einen Smiley gezeichnet.

Rune war also nicht hier. War sie enttäuscht oder erleichtert? Einerseits hätte sie sich über seine Gesellschaft gefreut. Andererseits brachte sein Lächeln sie so aus dem Konzept, dass sie nicht mehr klar denken konnte. Doch das musste sie jetzt. Sie nippte am Tee und schaute aus dem Fenster auf den Hofplatz, wo die Lichter des Christbaums funkelten. So umsorgt zu werden, daran könnte sie sich gewöhnen, und an dieses Haus auch. Stopp! Du wirst von hier schneller abreisen, als dir lieb ist.

Sie schloss die Augen und lauschte den Klängen von *White Christmas*, als die Tür, die von der Küche in den Hof führte, aufsprang und eine langbeinige Blondine hereinstürmte. Sie riss ihre Mütze vom Kopf und schüttelte die Schneeflocken aus den Haaren.

„Rune, ich wollte dir nur danken …" Als sie Liv sah, stockte sie mitten im Redefluss. Argwöhnisch kniff sie die fein geschwungenen Augenbrauen zusammen, bis sie eine spitze Falte bildeten. „Sind Sie eine von Runes Eroberungen?"

Livs Wangen röteten sich. „Nein, nein, absolut nicht. Wir kennen uns kaum. Ich hatte einen Unfall." Sie stand auf und reichte der Fremden die Hand. „Ich bin Liv Kirkegaard."

Sie streifte ihre Lammfellhandschuhe ab, legte sie auf die Anrichte und drückte Livs Hand. „Dina. Gehört Ihnen das Auto mit Zuckerhäubchen vor der Einfahrt?"

„Ja, das ist mein Wagen."

„Glück im Unglück, wenn man so einen attraktiven Lebensretter hat und noch dazu eine Nacht geschenkt bekommt."

„Entschuldigen Sie? Ich habe ein Zimmer bekommen, sonst nichts. Ich bin nicht dieser Typ Frau."

„So so. Gut für mich. Leider vergisst Rune ab und zu, dass er verlobt ist. Was soll's – er weiß, wo er letztendlich hingehört."

Liv schwitzte. Warum hatte er sie geküsst, wenn er verlobt war? Und warum hatte er ihr nicht von Dina erzählt? Hatte sie sich so ihn ihm getäuscht? Che strich um Livs Beine und fauchte Dina an. Vielleicht hatte Rune sich eines Besseren besonnen, und sie deshalb gestern nicht mehr angerührt?

Wie gut, dass sie nun wusste, dass er vergeben war. Wegen der Zukunft brauchte sie sich keine Gedanken mehr zu machen. Aber warum setzte ihr Herz einen Schlag aus und schmerzte? Sie wollte nichts mehr mit Männern anfangen, zumindest nicht jetzt. Und schon gar nicht mit solchen Typen wie Rune. Liv stellte Milch, Butter und Marmelade in den Kühlschrank.

„Ich komme sowieso besser allein zurecht."

„Ist das Ihr Ernst?" Dinas Augen funkelten belustigt. Sie zeigte mit dem Finger auf Livs Mund.

54

„Sie haben übrigens Schokolade gegessen. Das ist ein eindeutiges Zeichen für Mangel an guten Sex."

Liv hustete. „Das mag für Sie gelten, aber nicht für mich."

„Wow, das nehme ich Ihnen nicht ab! Wie war er denn?"

„Wie gesagt, ein Gentleman. Er hat die Finger von mir gelassen. Obwohl ich jede Frau verstehe, die sich etwas anderes wünscht."

„Komisch, er hat gerne unkomplizierten Sex ohne Verpflichtungen. Die Frauen hier sind ganz wild nach ihm."

Was wollte diese Tussi von ihr? Wenn sie mit Rune verlobt war, konnte sie doch nicht damit einverstanden sein, dass er sich auf anderen Laken austobte? Wahrscheinlich war Liv mit ihrer Vorgeschichte wieder mal konservativer als der Papst in Rom. Hatte in Kopenhagen nicht ein Priester der lutherischen Kirche eine offene Ehe geführt? Möglich war vieles, aber sie war sich nicht sicher, ob das einer Beziehung guttat. Liv stemmte die Hände in die Hüften.

„Unkomplizierten Sex ohne Verpflichtungen gibt es nicht bei mir. Egal wie attraktiv und anziehend der Mann ist. Dafür ist mein Leben einfach zu kompliziert."

„Dann sind wir uns einig? Rune gehört mir."

Che fauchte und fuhr die Krallen aus. Dina wich zurück und wandte sich zur Tür. „Wo ist er eigentlich? In der Praxis?"

„Ja, das hat er gesagt."

„Ich gehe ihn suchen."

An der Tür drehte sie sich noch einmal um. „Wissen Sie, warum er die Finger von Ihnen gelassen hat?"

„Weil er mit Ihnen verlobt ist?"

„Nein, er liebt schlanke Frauen."

Wut schäumte in ihr hoch. „Solche Klappergestelle wie Sie?" Liv schämte sich über die patzige Antwort, aber sie konnte die Worte nicht mehr zurücknehmen. Ihre Reue hinkte den Worten hinterher.

„Ein bisschen weniger Schokocroissants und mehr Obst, das wirkt Wunder. Versuchen Sie es einfach mal."

Plötzlich stand Rune in der Tür, die Lippen zusammengepresst.

„Dina, komm mit. Wir müssen reden."

Sie wackelte mit schwingenden Hüften zu ihm, platzierte einen Kuss auf seinen Mund und marschierte vor ihm durch die Tür.

„Bin gleich wieder da, Liv, entschuldigen Sie bitte." Er schloss die Tür hinter sich. Liv pustete die Kerzen auf dem Adventkranz aus. Ihre Hände zitterten. Hatte diese blonde Furie wirklich Recht? Hatte sie sich so in Rune getäuscht? Oder hatte sie sie einfach nur einschüchtern wollen?

Scheppernd stellte sie das Geschirr in die Spülmaschine. Warum regte sie sich bloß so auf? Konnte Rune nicht machen, was er wollte? Ihre Wege würden sich trennen. Erstens war er nicht die richtige Adresse, und zweitens hatte sie genug schlechte Erfahrungen gesammelt. Und er hatte einen Sohn. Und sie erwartete Martins Kind. Und, und, und …

„Was bildest du dir eigentlich ein? Bist du von allen guten Geistern verlassen?"

Dina riss erstaunt die Augen auf und schickte ihm diesen kindlichen Blick, den er nicht ausstehen konnte. „Platzt du jetzt einfach in meine Küche und greifst meine Gäste an?"

„Deine Gäste angreifen? Ich? Ich verstehe nicht. Was habe ich denn getan?"

„Du hast Liv beleidigt."

„Also wirklich. Ich habe ihr nur ein paar Diättipps gegeben, weil sie mich wegen meiner Figur bewundert hat."

Am liebsten würde er sich die Haare raufen. Sie log wie diese abscheulichen Boulevardblätter, die sie immer las. Ihm war übel vor Wut. Liv war so zerbrechlich, ein unbedachtes Wort konnte sie umpusten, aber das würde Dina niemals verstehen. Rune setzte sich auf den Schreibtisch und funkelte Dina wütend an. Seine Stimme war eine Oktave tiefer als sonst. „Liv ist mein Gast, und ich möchte, dass du sie gut behandelst."

„Das habe ich doch", flötete Dina mit einem Schmollmund. Sie zog ihren engen Kaschmirpullover herunter, damit ihr üppiges Dekolleté besser zur Geltung kam, beugte sich vor und fixierte Rune mit einem gekonnten Augenaufschlag. „Du bist doch ein Mann für One-Night-Stands, oder? Sie wirkt so unschuldig. Ich habe ihr gesagt, dass sie besser auf sich aufpassen soll … Also … wenn sie keinen Sex ohne Verpflichtungen haben will."

Rune massierte sich mit den Fingern die Schläfen. Die ganze Nacht hatte er kein Auge zugetan. Er wusste immer noch nicht genau, was er für Liv empfand, aber eines war klar: Eine gemeinsame Zukunft war ausgeschlossen. Sie war schwanger und nach der Sache mit Tina hatte er sich geschworen, niemals mehr einer Frau einen Platz in seinem Leben einzuräumen und ein Kind … er konnte das nicht noch einmal durchmachen. „Dina, ich muss dich bitten, zu gehen …"

Sie sprang so abrupt auf, dass der Stuhl polternd zu Boden krachte. „So schlimm ist es mit dir? Schon nach einer Nacht denkst du nur an sie?"

„Es hat nichts mit Liv zu tun."

„Doch, es hat alles mit ihr zu tun. Sie ist es, sie …" Dina kreischte spitz, warf ihre Haare über die Schultern und pikste Rune mit ihrem Zeigefinger auf die Brust. „Dieses pummelige Flittchen hat dir blitzschnell den Kopf verdreht … Ich fasse es nicht!"

„Geh."

„Das ist nicht dein Ernst!"

„Doch, bitte geh. Wir haben uns nichts mehr zu sagen."

„Ich hab dir noch eine Menge zu sagen. Du kommst sowieso angekrochen, wenn diese vollbusige Sirene wieder abgedampft ist."

„Mit Sicherheit nicht."

„Nach allem, was uns verbindet?"

„Dina, du wolltest Liv einreden, dass wir verlobt sind."

„Das wären wir ja auch längst, wenn …"

„Ich entscheide, mit wem ich verlobt bin. Und das bin ich nicht mit dir, auch wenn du es dir wünschst." Er stand auf, sein Puls raste. „Außerdem habe ich dir nie verschwiegen, dass ich keine Frau mehr in mein Leben lasse."

„Deshalb solltest du so einer wie Liv auch nicht das Herz brechen."

„Es reicht. Du kennst den Weg nach draußen."

„Das wirst du noch bereuen." Hoch erhobenen Hauptes stolzierte sie aus dem Arbeitszimmer und knallte die Tür hinter sich zu.

Liv lehnte an der Küchenzeile, ein Glas Milch in der Hand und lauschte den erregten Stimmen. Es polterte laut, als wenn etwas umgefallen wäre, und einen Lidschlag später stürzte Dina in die Küche, die Wangen erhitzt. Sie baute sich vor Liv auf, stemmte die Hände in die Seiten.

„Er hasst vollschlanke Damen."

„Reden Sie etwa von mir?"

„Genau. Wir sehen uns noch." Dina schnaubte, schnappte sich ihre Mütze und schlitterte hinaus Die Küchentür warf sie zu, sodass das Glas im Rahmen klirrte. Mannomann, was war mit der Frau los? Liv sah ihr kopfschüttelnd nach, drehte sich um und wusch das Glas ab. Rune kam in die Küche.

„Vergessen Sie, was Dina gesagt hat."

„Dass ich zu dick bin?" Sie trocknete ihre Hände ab. „Keine Sorge, Sie ist nicht die Erste, die das sagt. Wann ist die Hochzeit?"

„Was für eine Hochzeit?"

„Na ja, die von Dina und Ihnen … Ich will ja keinen Keil zwischen Ihnen treiben."

„O nein!" Rune schüttelte resigniert den Kopf. „Dina würde vielleicht gerne heiraten, fragt sich nur wen."

„Aber", stotterte Liv etwas peinlich berührt. „Sie sind doch verlobt."

„Nein, das sind wir nicht."

„Vergessen Sie's. Es geht mich auch überhaupt nichts an." Liv legte die Hände beschützend vor den Bauch, ihre Augen weiteten sich. „Ich muss dringend zur Toilette." Sie rannte Hals über Kopf aus der Küche.

Er würde Dina eigenhändig umbringen! Warum erzählte sie wann immer es ihr passte, dass sie ein Paar wären? Verärgert trommelte Rune mit den Fingern auf den Tisch. Was genau hatte sie zu Liv gesagt?

Er hatte ja gehört, wie sie auf ihr Gewicht angespielt hatte – und das war schlimm, wenn er nur daran dachte, was Liv ihm gestern Abend von Martin und seinen Kommentaren erzählt hatte. Ob es ihr sehr an die Nieren gegangen war? Irgendwie musste er dies wieder geradebiegen, aber ihm fiel keine Lösung ein.

Was war das für ein Geräusch? Er hob den Kopf. Liv hatte die Tür zum Flur offengelassen, als sie aus der Küche gestürzt war. War sie geflohen, weil sie ihm nicht zeigen wollte, wie verletzt sie war? Weinte sie etwa heimlich Tränen auf der Toilette?

Rune spitzte die Ohren und trat einen Schritt auf den Flur. Alarmiert trat er näher an die Tür der Gästetoilette. Weinte sie wirklich?

Er legt sein Ohr an die Tür. Nein, sie weinte nicht, aber da war ein anderes Geräusch, dass ihm sehr bekannt vorkam. Erleichtert atmete er auf und grinste. Mit Schultern, die sich deutlich leichter fühlten, schlenderte er wieder in die Küche.

Dina hatte sich idiotisch benommen, aber wenn er sich nicht täuschte, hatte Livs Flucht auf die Toilette ausnahmsweise nichts mit ihr zu tun. Er musste nur warten, bis sie zurückkam und mit ihr entscheiden, wie sie den Tag verbringen würden.

„Guten Morgen. Es ist 9.00 Uhr. Sie hören die Radionachrichten von Dienstag, den 16.12. Ein kräftiger Schneesturm, gepaart mit Eisregen, hält weite Teile Dänemarks gefangen. Am schlimmsten betroffen sind Bornholm und Seeland, vor allem die Küstenregionen rund um das Kattegat. Die Polizei rät allen Bürgern, die Häuser nur in äußerst dringenden Fällen zu verlassen. Zahlreiche Fahrzeuge sind von der Fahrbahn abgekommen. Rettungsdienste und Räumwagen sind seit vierundzwanzig Stunden ununterbrochen im Einsatz. Trotzdem wird es noch Stunden dauern, bis sich die Lage normalisiert hat. In der Nacht wird der Schneesturm abklingen. Sollten Sie trotzdem das Haus verlassen, nehmen Sie warme Getränke, Schaufeln und Decken mit. Gestrandete Autofahrer werden in Notunterkünften in Schulen und Kirchen versorgt. In jedem Fall ist uns dieses Jahr eine weiße Weihnacht sicher."

„Was, so schlimm ist es?" Liv kam wieder in die Küche.

„Machen Sie sich keine Gedanken. Sie können hierbleiben, bis man sich wieder auf die Straßen trauen kann, selbst wenn Sie Weihnachten hier feiern."

„Es tut mir so leid, ich will Ihnen doch gar nicht so lange zur Last fallen."

„Also wirklich, jemanden zur Last fallen, das bedeutet etwas anderes. In ein paar Tagen alles wieder gut. Solange sind Sie natürlich mein Gast. Das Haus ist ja groß genug. Jetzt abzureisen wäre alles andere als vernünftig.

Was glauben Sie, wie ich mich fühlen würde, wenn Sie einen Unfall hätten? Und wie sollen wir Ihr Auto frei bekommen? Außerdem muss Ihr Wagen repariert werden. Ich bin Arzt, es wäre unterlassene Hilfeleistung, wenn ich Sie jetzt losschicken würde."

Sie trat ans Fenster und schaute ins Schneegestöber. „Sie haben Familie. Da will ich nicht stören. Laurits kommt sicher auch."

„Laurits kommt nicht, und wenn Sie meine Familie besser kennen würden, wüssten Sie, dass bei den Madsens immer ein Platz am Tisch frei ist. Wir sind so viele, dass einer mehr oder weniger überhaupt nicht auffällt."

„Dann würde ich mich heute gern nützlich machen? Was kann ich für Sie tun?"

„Da haben Sie was falsch verstanden, Liv. Sie sind mein Gast. Was kann ich für Sie tun? Wie geht es Ihnen?"

„Besser. Mir ist nur übel von der Gehirnerschütterung."

Er hob fragend die Augenbrauen. „Wollen Sie mir nicht die Wahrheit sagen?"

„Was meinen Sie?"

„Sie sind doch schwanger."

„Wie kommen Sie bloß darauf?"

„Ach, männliche Intuition! Und für die Weihnachtszeit ist es nur typisch, dass eine Mutter mit Kind einen Platz in einer Herberge sucht." Er verschränkte die Arme vor der Brust, und seine Augen blitzten belustigt. „Nein, im Ernst, die Hinweise sind nicht zu übersehen. Es gibt mindestens drei Gründe. Erstens berühren Sie ständig Ihren Bauch. Zweitens ist Ihnen morgens speiübel, und drittens trinken Sie keinen Alkohol." Er hatte mit dem Finger bei jedem Argument in die Luft gezeigt. „Haben

Sie es schon vergessen? Ich bin Arzt, Liv, zwar für Tiere, doch so groß ist der Unterschied zwischen Zwei- und Vierbeinern auch wieder nicht."

Sie holte tief Luft. Che setzte sich auf ihren Fuß und schnurrte wohlig, während er seinen Kopf an ihrem Bein rieb. Rune ging zu ihr hin und schob sie sachte in den Wintergarten. Sie schmunzelte. Er rannte wohl immer mit nackten Füssen herum. Doch die gefielen ihr.

„Ruhen Sie sich aus."

„Aber …"

„Kein aber. Später können Sie Weihnachtskarten schreiben und mir beim Schmücken helfen."

Sie musste unbedingt was tun. Im Sessel chillen, den Schneeflocken bei ihrem wirbelnden Tanz zusehen und Weihnachtslieder aus dem Radio hören, das war ja gut und schön für eine kurze Zeit. Doch nicht einen ganzen Vormittag.

Äußerlich war sie entspannt, innen kribbelten kleine Wichtel in ihr. Ihre Gedanken jagten einander. Wann würde das Schneegestöber endlich aufhören? Und wie würde sie ihr Auto frei bekommen? Würde sie Arbeit finden und noch viel wichtiger: Würde sie den neuen Anfang, ohne Martin, aber mit einem Baby, schaffen? Würde Martin sie überhaupt gehen lassen? Was wäre, wenn er ihr auflauern würde?

Wie immer, wenn sie zu viel nachdachte, bekam sie Herzklopfen. Wenn sie diese beunruhigenden Gedanken endlich wegschieben konnte, forderte Rune ihre Aufmerksamkeit.

Unglaublich, wie viele gute Eigenschaften der Mann auf einmal haben konnte. Das war einfach nicht fair. Warum hatte Martin nicht wenigstens einige der guten Seiten gehabt? Dann wäre ihr Leben nicht so sehr aus der der Spur gekommen.

Außerdem hätte sie so eine Sorge weniger. Sie würde sich in Runes Nähe nicht wie eine Idiotin verhalten, auch wenn sie sich nichts vormachen konnte. Noch gestern hatte sie sich geschworen, niemals mehr einen Mann eines Blickes zu würdigen. Schon heute musterte sie Rune viel zu viel. Sie musste dringend ihr Herz beschützen, damit es nicht zersplitterte. Sonst würden diese Tage in einer Katastrophe enden. Sie durfte nicht so viel an Rune denken. Liebe, dafür brauchte man Vertrauen, und sie war zu oft vom Leben enttäuscht worden. Sie konnte sich nicht mehr vorstellen, jemals wieder jemandem zu vertrauen. Auch wenn er noch so charmant und nett wie Rune war. Verdammt, das hier führte zu nichts. Sie musste diesem Gedankenkarussell entkommen.

Sie warf die Decke, die Rune über ihre Füße ausgebreitet hatte, weg. Gut, er meinte, sie solle sich schonen und brauche nichts zu tun. Aber sie musste etwas tun. Sofort.

Vielleicht konnte sie backen? Der Duft geschmolzener Butter und schaumig gerührter Eier beruhigte sie immer. So wie damals, als sie bei Frau Sommer den klebrigen Teig vom Holzlöffel geleckt hatte.

Weihnachtsgebäck und Konfekt gehörten zu einer richtigen Familienweihnacht dazu. So konnte sie sich wenigstens ein wenig erkenntlich zeigen. Niemand hatte bisher ihren süßen Kreationen widerstehen können. Sie lief in die Küche, riss alle Schranktüren auf. Zutaten. Sie brauchte Zutaten. Gab es in diesem Haushalt keine vernünftigen Backwaren?

Als sie die Tür zur Speisekammer öffnete, machte ihr Herz einen Satz. Dort lagerte genug, um den Schlitten des Weihnachtsmannes mit Keksen zu füllen. Sie schleppte Mehl, Eier, Zucker und Kakao in die Küche, und fühlte sich wie ein zufriedenes Eichhörnchen, das einen guten Vorrat für den Winter gesammelt hatte.

Sie häufte Mehl auf den Küchentisch, grub in der Mitte eine Mulde und wärmte Milch. Leise summte sie vor sich hin, und während sie mit ihrem ganzen Körpergewicht knetete, legte sich Mehlstaub über sie wie der Schnee vor dem Fenster auf die Bäume.

Runes Nasenflügel blähten sich auf, und er schnupperte. Der Geruch von Weihnachtsgewürzen lag in der Luft, vermischt mit einem feinen Hauch Schokolade. Sein Herz flatterte, denn es duftete einfach zu schön. Als wenn er geradewegs in seine Kindheit gebeamt worden wäre. Was war hier los? Hatte er Liv nicht gesagt, sie sollte sich ausruhen?

Vorsichtig öffnete er die Küchentür einen Spalt, linste hindurch. Liv zog ein Backblech mit Keksen aus dem Ofen und schob die Plätzchen auf einen Rost zum Auskühlen. Die Fenster waren beschlagen. Auf allen Ablagen und freien Flächen türmte sich Gebäck, pudrige Vanillekipferl, saftige Brownies, frische Zitronentaler, feine Mürbeplätzchen mit Pistazien. Das hier war nicht mehr seine aufgeräumte Küche. Er war sicher im Wichtelland gelandet, und ein Elf würde ihm gleich einen warmen Kakao anbieten.

„So sieht also ausruhen aus?" Grinsend trat er in die Küche und stibitzte eine Pfeffernuss. Er schob sie in den Mund. Anis und Zimt … himmlisch!

Liv errötete bis zu den Haarwurzeln, und gerade diese jungmädchenhafte Reaktion ließ sein Herz einen Takt schneller schlagen. Wie schaffte sie es nur, so sexy auszusehen, und sich trotzdem eine Aura der Unschuld zu bewahren, wie er es schon lange nicht mehr bei einer Frau erlebt hatte?

„Ich habe Ihre Vorräte geräubert … Ich wollte … Ich musste einfach etwas tun. Ich ersetze Ihnen natürlich die Zutaten." Verlegen strich sie sich mit mehligen Händen eine Haarsträhne hinters Ohr.

Er musste sich ein Lachen verkneifen, so wie sie dort stand, die Hände miteinander verknotet, war sie das verkörperte schlechte Gewissen.

„… verpackt in kleinen Dosen sind diese Plätzchen immer ein Renner."

Rune stopfte sich einen Zitronentaler in den Mund und riss erstaunt die Augen auf. Diese Mischung aus Butter und fruchtigen Zitronen! Einfach köstlich. „Die sind wirklich gut."

Ihr Gesicht wurde weich. „Nehmen Sie, ich habe nur für Sie gebacken."

„So wie Sie in meiner Küche arbeiten und sich hier zu Hause fühlen, müssen wir uns duzen."

„Abgemacht." Sie reichte ihm eine Schüssel mit Nougathörnchen.

„Glaub bloß nicht, dass ich teile", sagte er mit vollem Mund. Sie lachte ihr helles Lachen, das er so liebte. Wie gerne würde er es öfter aus ihr herauszulocken, denn sie lachte viel zu wenig.

„Ich denke, damit kannst du deine ganze Familie füttern. Du könntest sie als Weihnachtsgeschenke …"

„Vergiss es. So eine Herrlichkeit teile ich nicht freiwillig. Übrigens, was willst du davon essen?"

„Ich habe schon genascht. Mehr ist heute nicht mehr drin, wenn ich nicht selbst als rundes Plätzchen enden will." Sie schwang demonstrativ ihre Hüften.

„Solltest du dich nicht ausruhen?"

„Das verstehst du nicht. Backen ist für mich die reinste Therapie. Wenn du mich in eine Ecke setzt, werde ich verrückt, und meine Gedanken rollen wie die Kugeln in einem Roulette."

Er hob die Augenbrauen fragend an, stopfte sich das nächste Plätzchen in den Mund und kaute. Che sprang von der Fensterbank und streckte sich.

„Meine Gedanken verwirren sich wie ein Wollknäuel. Wenn ich backe, fühle ich mich gut. Und das brauchte ich heute Morgen."

„Das verstehe ich. Mir geht es genauso."

„Ach ja?"

„Ja, ich fühle mich auch gut, wenn du backst."

Sie lachte, trug ein Backblech zur Spüle und ließ Wasser drauf laufen, als Mistel mit dem Kopf die Tür aufstieß und in die Küche tappte. Begeistert stolperte sie zu Liv, die sich umdrehte, und plumpste auf ihren Fuß. Mistel hob den Kopf und fixierte sie mit glänzenden Augen.

„Bist du wieder ausgebüchst?" Rune schüttelte resigniert den Kopf. Es war an der Zeit, dass sie ein neues Zuhause bekam.

„Du hast einen Hund?" Entzückt hockte sich Liv nieder und kraulte Mistels Kopf. „Wie konntest du mir dieses Familienmitglied nur vorenthalten?"

„Mistel gehört mir nicht."

„Also noch jemand der hier Unterschlupf gefunden hat."

„In gewisser Weise. Mistels Mutter hat sie verstoßen und nicht gesäugt."

„Oh mein Gott! Passiert so etwas wirklich?"

„Ja, bei einem großen Wurf bleibt oft eines der Tiere auf der Strecke." Rune hockte sich neben Liv.

„Brauchst du einen Hund? Sie scheint dich zu mögen."

„Ich hab mir immer einen gewünscht, aber leider habe ich keinen Platz."

„Schade. Sie ist entwöhnt und sucht ein Zuhause. Ich gebe sie erst nach Weihnachten ab. Sonst landen die lebenden Weihnachtsgeschenke wieder vor meiner Tür."

Liv stupste Mistel auf die feuchte Nase. „Das haben wir wohl gemeinsam. Ich brauche auch ein neues Zuhause." Sie wandte sich an Rune. „Ich räume nur schnell die Küche auf."

Als Mistel fiepte, nahm Rune sie hoch und drückte sie Liv auf den Arm. „Ab ins Wohnzimmer, ihr zwei, kuscheln!"

„Aber …", protestierte Liv, während Mistel sich wohlig in ihrer Armbeuge räkelte und ihr mit der rauen Zunge über das Gesichte leckte bis sie vor Lachen gluckste.

„Das wollt ihr doch beide. Ich kümmere mich um den Abwasch."

„Okay, das lasse ich mir nicht zweimal sagen." Liv warf einen Blick aus dem Fenster. Der Christbaum schimmerte in der Dämmerung. Seine Zweige bogen sich unter dem Gewicht des Schnees.

Mit pochenden Herzen lungerte Liv vor Runes Schlafzimmertür herum. Noch konnte sie ihre Meinung ändern. Sollte sie es machen? Was sie gerade plante, war verrückt. Doch selbst durch die geschlossene Tür hindurch spürte sie Runes Anziehung. Sie wollte ihn. Sie wollte diese Nacht mit ihm, um herauszufinden, wie er sie dazu brachte, sich Dinge zu wünschen, die ihr vor ein paar Stunden nicht im Traum eingefallen wären.

Bisher war sie nie eine Frau für ein One-Night-Stand gewesen, aber diesmal würde sie es tun. Sie würde mit Rune ins Bett springen, Spaß haben und ihn nie wiedersehen. Mehr wollte sie nicht. Ihre Welten lagen viel zu weit auseinander, als dass sie eine gemeinsame Zukunft haben könnten. Rune hatte sein Leben, und sie hatte ihr Leben. Sie wollte nichts von ihm. Nur diese eine Nacht. Nur die Erinnerung an die Hände eines Mannes, der so viel Fürsorglichkeit ausstrahlte. Nervös knabberte sie an ihrer Unterlippe. Sie gab sich einen Ruck, atmete tief durch und klopfte.

„Ja?" Rune Stimme auf der anderen Seite der Tür klang so dunkel wie Zartbitterschokolade. Sie schluckte ihre Aufregung hinunter. Entschlossen drückte sie die Klinke herunter und trat ein, ehe ihr Mut Fahnenflucht beging. Er stand in der Tür zum Badezimmer, barfuß wie immer. Wie groß er war! Um ihm ins Gesicht zu sehen, musste sie ihren Kopf in den Nacken legen. Sie fühlte sich zwergenhaft klein.

„Brauchst du noch etwas?"

„Ja. Dich!" Entschlossen trat Liv zu ihm, lachte leise und fühlte seinen warmen Atem an ihrem Ohr entlangstreichen.

„Mich?" Seine eisblauen Augen schauten sie überrascht an.

„Du gehst mir nicht aus dem Kopf."

Er trat zwei Schritte auf sie zu, so als wenn er selbst mit sich gerungen und sie ihm endlich die Entscheidung abgenommen hätte. Sanft strich er mit dem Daumen über ihre Unterlippe. „Du mir auch nicht. Egal, was ich mache, am Ende lande ich mit meinen Gedanken immer wieder bei dir. Bei deinem Feenhaar. Weißt du das?"

„Nein, aber das haben wir anscheinend gemeinsam."

Langsam umfasste er ihre Taille und zog sie an sich. „Wenn du es dir noch einmal überlegst, mach es bitte jetzt."

Im Licht des Zimmers wirkten seine Augen viel wärmer. Sie sollte zurück zur Tür gehen, bevor die Situation außer Kontrolle geriet, denn sie hatte schon genug Probleme, aber als sie sein markantes Gesicht betrachtete, siegte die Leidenschaft.

Was spielte es schon für eine Rolle, wenn sie morgen früh getrennte Wege gingen? Diese Erinnerung würde ihr bleiben. Sie brauchte kein ins Ohr gehauchtes ‚Ich liebe dich'. Das, wonach sie sich sehnte, hatte sie hier, in diesem Zimmer, vor ihrer Nase. Heute sehnte sie sich nur nach einer Umarmung. Sie wollte geliebt und gehalten werden, sich schön fühlen. Vielleicht würde dann das Gefühl der Einsamkeit verschwinden, und sie nicht länger von innen bersten und in tausend Stücke zerbrechen lassen.

„Ich will nur dich, Rune."

„Gut."

Sachte glitt er mit seiner Hand zum Ansatz ihres Pos und gab ihr einen zarten Kuss auf den Hals. Sie lachte leise, als sein warmer Atem über ihre feuchte Haut strich. Mit der Zungenspitze glitt er zu ihrem Ohrläppchen, umkreiste und leckte es. Sie verging vor Verlangen, aber er ließ sich Zeit, als wolle er ihren Körper lesen wie eine kostbare Schatzkarte.

„Deine Haut schmeckt wie …" Zärtlich küsste er sie auf die Augenlider. „… Butter und Zimt."

„Berufskrankheit." Ihr Köper reagierte mit aller Macht, als er sich an sie presste, fest und warm und so wunderbar lebendig. „Zieh dich aus, Rune. "

„Jetzt?"

Sie küsste ihn, fingerte fiebrig nach dem Saum seines Unterhemdes. „Ist dies nicht der geeignetste Zeitpunkt? Wenn du es nicht tust, mach ich es."

„Nur zu, ich rühre mich nicht."

Verdammt, seitdem er Liv in der Küche verarztet hatte, konnte er an nichts anderes mehr denken. Liv hier und Liv da. Wie ein Magnet hatte sie sich an seine Gedanken geheftet. Er begehrte sie mehr, als er jemals zuvor eine Frau begehrt hatte. Aber er wollte doch keine Beziehung.

Trotzdem flatterte sein Herz. Sie fühlte genauso, denn sie war zu ihm gekommen, stand vor ihm und sah ihn aus ihren grünen Augen an.

„Schlaf mit mir, Rune."

Sie stellte sich auf die Zehenspitzen und küsste ihn auf den Mund. Warum nur fühlte er sich plötzlich so unendlich glücklich? Nur eine Nacht, mehr wollte er einer Frau nicht mehr geben. Und selbst wenn er es wollte, er konnte es nicht mehr. Sein Herz würde es nicht überleben, wenn es noch einmal verletzt wurde, so wie Tina es getan hatte. Er nahm ihr Gesicht in seine Hände, erwiderte ihren Kuss, bis sie beide nach Luft schnappten, und er ihren Herzschlag spürte.

Liv seufzte. Er schlang den Arm fester um sie. Ihre Nähe machte all seine Vorsätze zunichte. Er sollte sie von sich stoßen, um ihrer selbst willen, schaffte es aber nicht. Stattdessen hielt er sie fest umfangen, so fest, als wolle er sie nie mehr loslassen.

Er hob sie ohne Worte hoch und trug sie durch das Zimmer zu seinem Bett. Sie presste sich fest an ihn, die Arme um seinen Nacken und hörte nicht auf, ihn zu küssen. Sein Herz galoppierte, sein Blut rauschte durch seine Adern.

„Ich habe so etwas noch nie im meinem Leben gemacht."

Ich auch nicht, dachte er, und brummte nur zustimmend, um den Kuss nicht zu unterbrechen.

„Also, ich meine, einen Mann verführt …"

Behutsam legte er sie auf das Bett und beugte sich über sie, um mit seinen Fingerspitzen zärtlich die Linie ihrer Wange entlangzufahren.

„Rune?"

„Schsch." Er legte den Zeigefinger auf ihre Lippen und lächelte sie an. Mein Gott, wie wunderbar sie war. Diese alabasterfarbene Haut, die schmalen Lippen und die kleine Nase. Er küsste sie auf die Lider. Worte waren hier fehl am Platz. Für das, was er empfand, mussten die Worte erst noch erfunden werden.

Die kleinen Seufzer, die sie ausstieß, klangen in seinen Ohren wie geflüsterte Geheimnisse. Er wollte diese Nacht voll auskosten, den Duft ihrer Haare atmen, den Geschmack ihrer Lippen kosten und die Formen ihres Körpers einprägen.

Ihr verhangener Blick ruhte eine Weile auf ihm, langsam streckte sie die Hand aus und fing an, sein Hemd aufzuknöpfen, schob es ihm von der Schulter und sank an seine Brust.

Nachdem sie ihm das Hemd ausgezogen hatte, legte er sich auf den Rücken neben sie und zog sie auf sich. Ihr flammendes Haar lag ausgebreitet wie ein Seidenlaken auf seiner Brust. Das Streicheln ihrer Hände beruhigte und erregte ihn zugleich, er spürte jede Pore, jeden Nerv, jeden Herzschlag … und erstarrte: Was machte sie mit ihm?

Er musste sie zur Vernunft bringen. Und sich selbst. Liv war keine Frau für eine Nacht, und er war kein Mann, der eine verletzte Frau ausnutzte oder eine neue Beziehung anfing. Er nahm all seinen Mut zusammen, rollte sie von sich und hielt sie auf Armeslänge von sich weg.

„Aufhören."

„Ich denke nicht daran."

„Nein, Liv, das hier ist eine dumme Idee."

Wieder schenkte sie ihm dieses Wahnsinnslächeln. Sein Herz donnerte gegen die Rippen.

„Das ist ein Scherz, Rune, oder?" Sie hockte sich auf das Bett, schaute auf ihn herab.

„Nein, ich meine es ernst. Du bist keine Frau für eine Nacht."

„Du hast Recht. Dies hier, das ist Therapie!" Sie setzte sich rittlings auf ihn, schlang ihre Arme um seinen Hals und knabberte an seiner Unterlippe.

Als er ihren warmen Körper spürte, fluchte er leise.

„Stell dich nicht so an. Frauen sind doch dein Hobby. Das sagt Dina zumindest."

Natürlich hatte er Frauen verführt. Nicht Liv, dachte er, nicht, weil er sie nicht mochte. Sondern gerade, weil er sie mochte. Sein Herz würde den Abschied nicht ertragen.

Er bündelte seine ganze Kraft, löste ihre Arme, warf sie neben sich auf das Bett. Sein Puls hämmerte viel zu schnell, und seine Handinnenflächen waren feucht. „Dina, ja, sie ist eine Frau für eine Nacht. Aber du bist das nicht."

Verärgert funkelte sie ihn an. „Was weißt du schon? Mach es nicht so kompliziert. Ich will nur diese Nacht, wo ich alles andere vergesse. Schlaf mit mir, bitte. Wie gesagt, das ist wie eine Therapie …"

„Eine Therapie für wen? Für dich oder für mich?"

„Es wird uns beiden guttun."

„Hör auf damit. Morgen bereust du es."

Ihre Augen verengten sich zu Schlitzen, und sie blitzte ihn an. „Was ich brauche, weiß ich selbst am besten. Ich hasse es, wenn Männer behaupten, sie wüssten, was mir guttut. Du irrst dich. Gerade tust du mir gut …" Sie stockte. „Nein, du tust mir überhaupt nicht gut mit deinem Gerede. Ich fühle mich … Ach, ich kann dir das nicht sagen."

Er stand auf, ging zur Tür und öffnete sie. Als sie so verloren und wütend auf seinem Bett hockte, wollte er sie nur in die Arme zu ziehen und für alle Ewigkeit festzuhalten. Doch diese Möglichkeit gab es nur in seinen kühnsten Wunschträumen. „Bitte, geh jetzt."

„Das wirst du bereuen."

Resigniert schloss er die Augen. O ja, er bereute es schon. Wie konnte er Liv einfach wegschicken? Dies hier war nicht mehr er. Es wurde brenzlig. Und das gefiel ihm gar nicht.

17. Dezember

Stunden später wälzte Rune sich rastlos in seinem Bett hin und her. Schuld war sie. Mit ihrer Berührung hatte sie ein kleines Tor in seinem Herzen aufgerissen, das er beim Verriegeln übersehen hatte.

Diese Frau war dabei, sein Leben auf den Kopf zu stellen. Zwei Worte echoten durch seinen Kopf. Bleib hier, bleib hier. Ob er seine Chance vergeudet hatte, als er sie weggestoßen hatte? Würde sie verstehen, warum er sich auf den Zauber, der sich zwischen ihnen entfaltet hatte, nicht eingelassen und die Flucht ergriffen hatte?

Seit einer gefühlten Ewigkeit hatte er nicht mehr an Tina gedacht, seine Ex, die ihn nach der Geburt von Laurits verlassen hatte, weil ein krankes Kind nicht in ihre Lebensplanung passte. Damals, als er Tina am meisten brauchte, hatte sie ihm mit einem Einschreiben die Scheidungspapiere geschickt, ohne ein persönliches Wort, und war einfach nach Indien im Aschram verschwunden. Er hatte sie aufrichtig geliebt, wollte eine Familie mit ihr haben, träumte von Campingwochenenden und Hot Dog Wettessen, davon in weißen

Sommernächten in einer Schaukel herumzufläzen und am Strand Sandburgen zu bauen. Er träumte von Abenden am Kamin bei Kerzenschein.

Erinnerungspixel tauchten auf, längst vergessene Szenen aus dem gemeinsamen Leben, damals als ihre Welt noch heil gewesen war. Was für tiefe Wunden hatte sie bei ihm hinterlassen.

Gut, er hatte Sex gehabt, aber auf tiefere Beziehungen hatte er sich nicht mehr eingelassen; er wusste, wohin das führte.

Genervt boxte er sein Kissen in Form. Er wollte nicht nur Livs Körper, sondern auch ihre Seele berühren. Nur deshalb hatte er sie nicht angerührt. Morgen wollte er nicht schon Vergangenheit für sie sein. Er wollte so viel mehr von ihr. Und trotzdem lähmte die Angst ihn.

Gestern Abend hatte er die Enttäuschung in ihrem Gesicht gesehen. Wieder schaute er auf die Uhr. Der Zeiger kroch wie ein Tattergreis, bewegte sich schleichend.

Es war nur eine Stunde später, und er war immer noch hellwach. Sein Herz schmerzte. Er sollte die Finger von ihr lassen. Liv würde in ihr bisheriges Leben zurückkehren, oder zumindest sich ein neues Leben aufbauen, und seines würde ohne sie viel leerer sein. Es gab nur ein Mittel: Er musste dichtmachen, sich abschotten. Die Türen ganz innen drin gut abriegeln.

Sie zu verlieren, würde er nicht ertragen. Er hatte es einmal überlebt, damals, als Tina gegangen war. Aber er würde es kein zweites Mal schaffen.

Die Stimme der Vernunft übertönte wie ein Presslufthammer alle anderen Gedanken, laut und unbarmherzig brachte sie ihn zur Räson. Sie stellte ihn ein neues Mantra zur Verfügung: *Finger weg.*

Sie genoss die wohlige Wärme in diesem Dämmerzustand zwischen Wachen und Träumen. Einfach im Halbschlaf dazuliegen war gut. Wohlig drückte sie das kuschelige Etwas fester an sich, um dieses behagliche Gefühl noch ein wenig länger auszukosten. Erinnerungsfetzen sickerten wie Wassertropfen aus einem tauenden Eiszapfen in ihr Bewusstsein. Sie hatte sich Rune an den Hals geworfen wie eine Partymaus. Alle Alarmglocken hätten schrillen müssen. Doch das war nicht passiert. Vielmehr war er vernünftig gewesen und hatte sie weggeschickt. Er hatte mehr Anstand als sie selbst.

Sie hatte sich nicht getäuscht in ihm. Es waren nicht seine Größe und die breiten Schultern gewesen, die sie beeindruckt hatten, sondern seine eisblauen Augen und das jungenhafte Grinsen. Sie hatte ihm zugeschaut, wie er in der Küche Tee kochte, und später, als er ihre Wunde verarztete, regte sich nur ein Gefühl in ihr. Vertrauen. Er hatte sie gerettet. Rune war ein Herzklopfen verursachender und auf unerwartete Weise umwerfend attraktiver Mann, aber er war noch viel mehr.

Das Wollknäuel gähnte und streckte sich. Sie schnappte nach Luft und sprang aus dem Bett. Ihre Stirn pochte. Sie ignorierte den Schmerz und starrte auf Mistel, die sich in ihrem Bett räkelte.

„O mein Gott!", flüsterte sie überrascht. „Du bist unter meine Decke gekrabbelt?"

Sie zog die Gardinen weg und ließ den Wintermorgen ins Zimmer, während Mistel sie beobachtete. Mistel tapste zum Bettrand und schaute ängstlich über die Kante.

„Spring!", sagte sie. „Das schaffst du. Du bist ja auch selbst heraufgekommen."

Mistel fiepte mitleiderregend. Die Spitze ihrer Rute zitterte.

„Also gut, ich helfe dir." Sie nahm sie vorsichtig hoch, aber Mistel strampelte so sehr, dass sie sie fast fallen gelassen hätte. Also drückte sie Mistel an die Brust und genoss es, als sie sich wie ein schläfriges Neugeborenes an ihre Schulter kuschelte. Livs Wange strich über Mistels samtiges Ohr. „Du bist ja ein richtiges Schmusetier. Ganz anders als dein Herrchen. Hat er dich heute Nacht auch aus dem Zimmer geschmissen?"

Wie dem auch sei, überlegte sie, es war Morgen, und sie musste ihm gegenübertreten. Sie würde das einzig Richtige tun. Abreisen. Gestern hatte sie den Kopf verloren. Deswegen gehörte sie immer noch nicht zu den Menschen, die einer peinlichen Situation aus dem Weg gingen. Sie setzte Mistel auf den Boden und zog sich schnell an, bürstete und drehte das rote Haar zu einem Knoten. Mistel bellte und pinkelte auf den Boden.

„O je!" Hilflos beobachtete Liv, wie sich der dunkle Fleck über das Parket ausbreitete. Das war wohl ihr Fehler gewesen. So ein Welpe hatte nur eine winzige Blase, und sie hätte Mistel sofort nach draußen bringen sollen. Woher hätte sie das wissen sollen? Sie hatte nie einen Hund gehabt, und Mistel war so schön weich an ihrer Schulter gewesen. Sie warf ein Handtuch auf die Pfütze, rollte es zusammen und hielt es mit ausgestrecktem Arm von sich.

„Komm mit."

Sie spürte ein Zittern in der Magengrube, straffte die Schultern und öffnete die Schlafzimmertür. Mistel folgte ihr ergeben wie ein Gänseküken, das dem Erstbesten hinterherrennt, den es nach dem Schlüpfen aus dem Ei sah.

Der Duft von frisch gebackenem Brot hing in der Luft. Als sie die Küchentür öffnete, war niemand dort, nur der Tisch war gedeckt. Genauso wie gestern. Vor den Fenstern sah sie nichts als Weiß. Che lag dekorativ auf der Fensterbank, hob den Kopf, als er sie sah, und funkelte Mistel an. Dann legte er sich desinteressiert zurück. Mistel war wohl keine Herausforderung oder Bedrohung für Che. Liv blickte sich um. Sie musste das Handtuch loswerden. Als sie sich umdrehte, vernahm sie seine tiefe, fröhliche Stimme.

„Guten Morgen." Rune trat durch die Küchentür herein. Schnee lag wie Puderzucker auf seinen Haaren und Schultern. Mit den dicken Schneestiefeln und den ausgeblichenen Jeans sah er aus wie aus einem Bilderbuch.

Endlich fand sie ihre Stimme wieder. „Mistel hat auf den Boden gepinkelt."

„Gib mir das Handtuch, ich bringe es in die Wäsche." Rune verließ mit dem feuchten Badehandtuch die Küche, während Liv sich die Hände in der Spüle wusch.

„Also hast du die Nacht nicht allein verbracht." Er füllte Mistels' Fressnapf auf und musterte sie wieder mit der warmen Intensität. So von ihm angeschaut zu werden, tat ihrem Selbstbewusstsein ungemein gut. Sie errötete.

„Wegen letzter Nacht ..." Sie verschränkte ihre Finger und holte Luft. Wenn sich doch der Boden unter ihren Füßen auftäte. Rune fuhr sich mit den Fingern durch das feuchte Haar. Konnte er die Verwundbarkeit in ihren

Augen sehen? Sie blickte weg, sah aus dem Fenster. All ihre Nerven schienen außerhalb ihrer Haut zu liegen.

„Was?"

„Ich habe nur gefragt, wie es dir geht?"

Das würde sie ihm natürlich nicht verraten. „Ich reise ab."

„Ich wollte dich nicht verletzen, Liv, und es tut mir leid, wenn …"

„Ach was, du hast mich nicht verletzt. Danke für letzte Nacht." Sie räusperte sich, als sie die Doppeldeutigkeit ihrer Worte erkannte, und spürte, wie ihre Wangen sich wieder röteten. Mit einem Mal fühlte sie sich sehr befangen.

„Mit Vergnügen!" Sein Lächeln war süß und gleichzeitig sexy. Kein Zweifel, er hatte die Zweideutigkeit sofort verstanden. Bevor sie die Situation retten konnte, klingelte das Telefon. Er legte seine Hand auf ihren Arm. „Warte, frühstücke erst mal."

Er nahm den Anruf entgegen. Liv angelte sich ein Croissant aus dem Brotkorb und eine Tasse Tee und stellte sich vor den Kamin im Wohnzimmer, in dem die Flammen züngelten. Holzscheite knackten. Funken stoben in die Luft. Wenn er auflegte, würde sie ein Taxi rufen oder ihren Wagen freischaufeln.

„Im Krankenhaus? Frederik, was ist passiert? Soll ich kommen?" Aus den Augenwinkeln sah sie, wie sein Blick sich vor Sorge verfinsterte. „Ich kriege das schon hin." Nachdem er das Gespräch beendet hatte, stützte Rune sich mit beiden Händen auf die Arbeitsplatte.

„Schlechte Nachrichten?" Gut, dass sie nicht länger über gestern Nacht sprechen mussten.

„Mein Bruder hat einen Sehnenriss."

Sie wusste nicht, was sie sagen sollte, also hielt sie ihren Mund. Plötzlich vergrub er die Hände im Gesicht.

„Das ist doch nicht so kompliziert", sagte sie tröstend. „Schmerzhaft schon, aber nicht gefährlich."

„Darum mache ich mir auch keine Gedanken."

„Was ist los?" Liv biss in ein warmes Schokoladencroissant und leckte die weiche Schokolade von ihren Lippen.

„Frederik und ich wollten am Freitag zusammen das Geburtstagsessen für meine Mutter vorbereiten."

Mistel hatte die Edelstahlschüssel auf den Boden geleert und bellte begeistert. „Wie soll ich das jetzt bloß alleine schaffen?"

„Am besten gibst du ihnen Hundefutter. Mistel ist ja offensichtlich mit dem Menu zufrieden."

„Darf ich dich um etwas bitten?"

„Sicher."

„Ich weiß, dass du heute abreisen willst. Du hast andere Pläne. Trotzdem: Bitte, bleib hier."

„Ich glaube nicht, dass das eine gute Idee ist. Ich muss eine Wohnung und Arbeit finden. Außerdem will ich dir hier nicht im Weg sein."

„Du bist mir nicht im Weg."

Sie schwieg und schluckte den Kloß herunter, der sich in ihrem Hals bildete. Sie musste hier weg. Die Sonne, die durch das Fenster schien, zauberte Glanzlichter in sein Haar. Sie musste dagegen ankämpfen, aber als sie seinen hoffnungsvollen Blick sah, wusste sie, dass es zu spät war.

„Du wolltest etwas für mich tun. Jetzt hast du die Gelegenheit dazu."

Immer noch versuchte sie das verwirrende Gefühl, das seine Bitte in ihr ausgelöst hatte, zu ignorieren.

„Wir machen einen Vertrag, Liv, du wohnst hier, bis du etwas gefunden hast, und ich bezahle dich."

„Was?" Schamröte trat in ihr Gesicht. Liv schüttelte den Kopf. Das war Wahnsinn! Um ein Haar wäre sie wirklich hiergeblieben. Offenbar hatte sie sich doch in Rune getäuscht. Wieder einmal. Für ihn war sie also nichts weiter als ein Spielzeug, das man nach Belieben benutzen konnte. Damit musste Schluss sein, ein für alle Mal.

„Das reicht."

Rune raufte sich die Haare. „Was habe ich falsch gemacht? Du suchst Arbeit, kannst kochen und backen. Und ich brauche jemanden, der mir hilft. Ich bezahle dich für deine Arbeit." Er schaute sie an, und um seine Augen bildeten sich kleine Fältchen. „Das ist die perfekte Lösung. Es ist der Geburtstag meiner Mutter. Bitte."

„Ich bin Konditorin, keine Köchin."

„Das Weihnachtsessen ist einfach – Truthahn, braune Kartoffeln und Schweinebraten."

„Also brauchst du mich doch gar nicht."

„Doch, für die Kuchen!"

Sie zögerte, stopfte das letzte Stück Croissant in den Mund. Mistel setzte sich auf ihren Fuß und jaulte.

„Jetzt sind wir schon zwei, die dich bitten. Überleg es dir. Ich bezahle dich besser als jeder Konditor. Und du kannst von hier aus eine Wohnung suchen, das ist in jedem Fall billiger, als wenn du dich in eine Pension einmieten musst. Was hältst du davon?"

Sofort war das Kribbeln wieder da. Schneegestöber in ihrem Bauch, wild, wie die Emotionen, die dort herumwirbelten. Unentschlossen knabberte sie an ihrer Unterlippe.

„Wie viele kommen?"

Er lehnte sich auf die Theke und zählte mit den Fingern ab: „Meine Mutter, Henrik, Klara, Helene, Frederik, ich, du, Mistel, und noch der ein oder andere, falls jemand von uns gerade verliebt ist. Lass uns mal sagen zwischen zwölf und fünfzehn. Bei uns schneien ab und zu einfach mal Menschen rein. So wie du."

Die Vorstellung, die nächsten paar Tage in Runes Nähe zu verbringen, versetzte sie in nervöse Unruhe. Als sie nichts auf seine Aufzählung erwiderte, fuhr er fort: „Meine Geschwister werden helfen."

„Beim Essen?" Sie lachte so laut, dass der Knoten in ihrer Brust sich löste.

„Ganz sicher. Sie räubern alle Schüsseln."

Er schenkte ihr ein Lächeln, das ihr die Knie weich werden ließ. Lieber Himmel, was stellte er bloß mit ihr an? Sie wollte ihn nicht anziehend finden, aber trotzdem konnte sie kaum den Blick von ihm wenden. Du bist eine erwachsene Frau, und du wirst dich ja wohl so sehr im Griff haben, dass du dich ihm nicht an den Hals werfen musst, wenn er um deine Hilfe bittet. Sie strich sich eine Locke hinter das Ohr.

„Du solltest auch mit Klara sprechen. Sie hat gerade ihren Teesalon aufgemacht und braucht noch eine Konditorin. Vielleicht hast du nach Weihnachten sogar eine richtige Arbeit.

In ihr brodelte es, und sie fühlte sich, als wenn sie jeden Moment abheben würde. „Gut, ich mache es. Ich hatte schon immer ein Herz für Familien, aber es gab nur meine Mutter und mich." Und ihre Männer, fügte sie in Gedanken hinzu.

„Also bleibst du?", jubelte er begeistert.

„Versteh es als meine Wiedergutmachung, weil ich deine Vorräte geplündert habe."

Er wirbelte sie durch die Küche. Was war das jetzt? Sie kam sich fast vor wie ein verliebtes Schulmädchen. Dabei wollte sie sich überhaupt nicht mehr von einem Mann einwickeln lassen. Die schmerzliche Erinnerung an Martin brannte noch immer wie ein Stachel in ihrem Fleisch. Sie hatte vieles falsch gemacht, aber eines hatte sie gelernt. Es war leicht, sich zu verlieben, vor allem in einen charmanten Mann wie Rune. Am Ende blieb jedoch oft nur die bittere Erkenntnis, dass man sich vom schönen Schein hatte blenden lassen. Ihr mussten Liebe und sämtliche Vertreter der männlichen Spezies – attraktiv oder nicht – gestohlen bleiben.

Rune stellte die letzte Schüssel in den Schrank und trocknete sich die Hände ab. „Jetzt machen wir was Schönes. Kommst du mit, während ich füttere?"

„Ähm, hast du nicht schon genug Kekse verputzt? Willst du nicht ein wenig Pause machen, bis wir zu Abend essen?"

Er grinste und bohrte ihr den Zeigefinger auf die Brust. „Ich rede nicht von mir. Ich meine füttern. Nicht futtern."

„Mistel hast du schon gefüttert. Und Che auch."

„Aber die Pferde noch nicht."

„Die Pferde? Hast du hier auch noch Pferde versteckt?"

„Ich habe zwei Reitpferde. Also …" Er errötete und fuhr sich mit den Fingern durch das Haar. Offenbar ging ihm dieses Geständnis nicht so leicht über die Lippen. „Sie sind nicht mehr vermittelbar, und ich bringe es einfach nicht übers Herz, sie am Schlachthof abzuliefern."

„Verstehe ich dich richtig? Du kümmerst dich um alte Pferde?"

„Jaja, mach dich nur lustig über mich."

„Ich mache mich nicht lustig."

Er legte das Trockentuch über die Heizung und breitete die Arme aus. „Hier steht der leitende Direktor eines Pferdealtersheims vor dir."

„Hast du noch andere Jobs?"

„Nein, ich bin Tierarzt. Eigentlich ist es ja mein Job, die Tiere einzuschläfern. Es fällt mir immer wieder schwer, den Tieren die erlösende Spritze zu geben, wenn es soweit ist …"

„Das könnte ich auch nicht."

„Einer muss es ja machen." Er nahm ihre Hand. „Komm einfach mit. Wir füttern sie gemeinsam."

An der Haustür reichte er ihr Skihandschuhe und eine warme Stalljacke. Sie stapften durch den Neuschnee zum Stall. Die Dämmerung klammerte sich mit orangenen Fingern an die hereinbrechende Nacht. Sie betraten die Stallgasse. Warme Luft schlug ihnen entgegen. Liv atmete den Duft trockenen Heus und den erdigen Geruch der Pferdeäpfel ein. Die Pferde schnaubten und wieherten leise, streckten die Köpfe aus den Boxen. Neugierig stellten sie ihre Ohren auf und blähten voller Erwartung ihre Nüstern. Als Liv vor der Box stand, streifte sie einen Handschuh ab und streichelte die Blesse der Stute.

„Du bist ja eine Schöne."

„Das ist Stella. Sie lebt schon seit Jahren hier bei mir."
Rune wies mit der Hand zu der zweiten Box. „Das ist
Heißsporn. Er ist erst seit ein paar Monaten hier."

„Heißsporn? Was ist das für ein Name?" Liv hob erstaunt die Augenbraue.

„Er ist ein heißer Feger, heißblütig und voller Energie.
Nach einem Unfall veränderte er sich, zeigte er Misstrauen,
wurde bösartig. Es hat lange gedauert, bis er wieder vertrauen konnte. Ich habe mich damals um ihn gekümmert.
Es gab Zeiten, da dachte ich, es gibt keine Zukunft mehr
für Heißsporn, doch die Ausdauer hat sich gelohnt."

„Hast du immer so viel Geduld? Ich meine nicht nur
mit Tieren, sondern auch mit Menschen?"

„Geduld mit den Tieren gehört zu meinem Beruf."

„Und Menschen?"

„Ich weiß es nicht. Zumindest färbt es ab, glaube ich.
Wahrscheinlich haben die Tiere mich erzogen."

„Sie haben dich zu einem besseren Menschen gemacht? Meinst du das?"

Er zuckte mit den Schultern. „Vielleicht."

Sie arbeiteten Seite an Seite, misteten aus, genossen
die Stille und warfen frisches Heu in die Boxen. War
Rune wirklich so fürsorglich? Sie kämpfte mit den Tränen. Sicher würde er auch bei ihr die Geduld aufbringen,
die sie brauchte, um wieder einem Menschen zu vertrauen. Nach allem, was mit Martin passiert war.

„Reitest du?"

„Nicht wirklich. Ich habe nur wenige Male auf einem
Pferd gesessen. Natürlich habe ich davon geträumt, wie
fast jedes Mädchen, aber meine Mutter war alleinerzie-
hend, und Geld war keins übrig am Ende des Monats.
Später hat es sich einfach nicht mehr ergeben."

„Lass uns gleich ausreiten. Das tut den beiden gut."

„Ähm, es ist schon dunkel. Das ist keine gute Idee."

„Ach was, wir haben heute Vollmond und einen klaren Himmel."

Das war ohne Zweifel die romantischste Einladung, die sie jemals bekommen hatte. Aber was wäre, wenn sie sich völlig zum Narren machte? Wenn sie vom Pferd fiel? Ihr Einwand war kläglich, sogar in ihren Ohren. „Es ist kalt."

„Wir haben ja auch Winter. Schon vergessen?" Er holte bereits Decken, Sättel und Zaumzeug aus der Sattelkammer. „Halt mal."

Er meinte es ernst. O nein, das durfte doch nicht wahr sein. Als wenn er ihre Sorge gewittert hätte, legte er die Hand auf ihre Schulter und sagte: „Hab keine Angst. Wir reiten nicht weit."

„Du bist völlig verrückt!"

„Lieber verrückt als langweilig." Er öffnete die Boxentür, führte Stella heraus und schenkte Liv sein jungenhaftes Grinsen. Sofort wurden ihre Knie weich wie Pulverschnee, und sie lehnte sich an die Wand, um nicht einzuknicken. Rune sattelte die Stute. Stella war gut ausgebildet. Als Heißsporn an die Reihe kam, sperrte er sich erst ein wenig gegen das Mundstück, aber dann nahm er es problemlos an.

„Komm, steig' auf." Er half ihr aufzusitzen und führte sie und Heißsporn aus der Stallgasse. Draußen saß er auf, der Mond versilberte seine Züge.

„Ich reite vor. Drück einfach die Fersen in Stellas Flanken, dann folgt sie mir."

Die Schneehügel schimmerten im Mondlicht. Sie ritten durch die Dünen bis hinunter zum Strand. Immer noch brausten und donnerten die Wellen, obwohl der Sturm abgeflaut war. Heißsporn bahnte sich den Weg durch den Schnee, Stella folgte ihm. Liv atmete auf. Die kalte Luft auf ihrem Gesicht, die Wärme und Stärke des Pferdes unter ihr, die Weite des Meeres, durchbrochen von den Schaumkronen, und das gewölbte Firmament mit den funkelnden Sternen über ihren Köpfen, all das erfüllte sie mit Freude. Ihr Atem bildete kleine Wolken in der Nacht. Rune ritt einen Abhang hinauf. Oben wendeten sie die Pferde und blickten auf das Meer. Weit draußen leuchteten die Lichter eines Dampfers. An der Küste reihte sich der Lichtschein der Häuser wie Perlen auf einer Kette aneinander. Wie friedlich es hier war. Und so schön! Liv sog alles in sich auf, unersättlich und unaussprechlich glücklich.

„Danke", flüsterte sie. „Danke, dass du mich mitgenommen hast. Das ist wunderschön."

Frieden erfüllte sie. Sie würde einen neuen Anfang machen. Auch wenn sie sich in Martin getäuscht hatte, konnte sie noch einmal von vorn anfangen. Ihr Herz fühlte sich leicht wie eine Schneeflocke an, als sie zum Stall zurückritten, die Pferde absattelten und trocken rieben.

Auf dem Weg zum Haus legte Rune seine Hand auf ihren Rücken. Drinnen zog sie Stiefel und Jacke aus; doch ehe sie denken konnte, hatte Rune sie an die Wand gedrückt und küsste sie, als wenn es um sein Leben ginge.

Seine Lippen streiften wie Engelsflügel ihr Gesicht, und jeglicher Widerstand schmolz dahin. Als sie sich voneinander lösten, flüsterte er heiser: „Glaub mir, das hier habe ich nicht geplant; ich lasse dich heute Nacht nicht mehr gehen. Heute nicht."

Er wollte sie lieben, sanft, ohne Hast. Vor ihnen lag die Nacht wie ein warmer Teppich; sie hatten alle Zeit der Welt. Er war hellwach, nahm alles mit äußerster Klarheit wahr, das silbrige Licht des Mondes, der Muster aus Licht und Schatten auf das Parkett malte, das Zischen der Flammen im Kamin, der noch nicht ausgebrannt war, ein Hauch der Weihnachtsbäckerei, der immer noch in der Luft hing. Den tausendmal mehr betörenden Duft der Frau, die neben ihm lag.

Während seine Lippen über ihren Hals zu ihrer Brust wanderten, spürte er ihren Herzschlag, immer schneller und härter. Mit einem tiefen Seufzer, der ihr in der Kehle stecken blieb, schlang sie die Beine um ihn, als er sie auf den Rücken rollte.

Die Zeit zog sich dahin, die Schatten dehnten sich aus, und die Uhr an der Wand tickte, Sekunden, Minuten, Stunden vorbei. Sie waren in einer anderen Welt, es gab nur noch sie.

Während die Sonne hinter den Dünen hervorkroch, hielten sie sich umschlungen wie zwei, die sich gegenseitig wärmen in der Winternacht. Liv streichelte seine Augenbrauen, seine Ohrläppchen und die Sternenkränze um seine Augen. Sachte glitten seine Hände über die Höhen und Täler ihres Körpers, und als er in sie eindrang, war es, als wenn er der erste Mann in ihrem Leben wäre, als hätte sie ihr Leben nur auf diesen Augenblick hin gelebt.

Wie unendlich behutsam konnte Zärtlichkeit sein. Sie vergrub ihr Gesicht an seiner Schulter. Mit Rune erlebte sie, was sie bisher nie erfahren hatte. Nicht nur ihre Körper verschmolzen, sondern auch ihre Seelen. Sie krallte sich an ihn, drängte sich ihm entgegen und wollte sich in ihm auflösen, mit ihm eins werden. Endlich war sie angekommen. Bei ihm. Und bei sich. Es war das Gleiche.

„Ich liebe dich so sehr. Ich glaube, ich erfriere, wenn ich nicht bei dir bin", flüsterte er. „Ich will dich nie mehr verlieren."

Sie zitterte, und er küsste die Tränen weg, die über ihre Wangen liefen, getrieben von der Sehnsucht, jeden Atemzug mit der Nähe des anderen zu füllen. Sie konnte nicht von ihm lassen und noch weniger ertragen, wenn ihre Körper nicht vereint waren.

❄ ❄ ❄

Rune lag, die Augen geschlossen, zwischen den zerknitterten Laken und genoss die entspannte Zufriedenheit, die sich nach gutem Sex einstellte. Wenn er doch die Zeit anhalten könnte, damit dieses Gefühl sich nicht im Alltagsgrau auflöste. Er fühlte sich einfach wunderbar.

Sie hatte ihn überrascht im Laufe der Nacht. Er wollte nur eins, ein Leben mit ihr, Tag und Nacht ohne Ende, auch wenn das völlig verrückt war und er wieder verletzt werden konnte. Er musste dieses Risiko eingehen. Immer noch gab es so vieles, was er von ihr nicht wusste. Er kannte sie kaum. Trotzdem war sie ihm so vertraut wie seine Seele. Das, was er in ihr las, war ihm bekannt: Seine Einsamkeit spiegelte sich in ihren Augen. Da war dieses beständige Knistern, die Anziehung, die sich im Laufe der letzten Tage zwischen ihnen aufgebaut hatte. Er öffnete die Augen und betrachtete Liv, die neben ihm im Bett lag.

Nachdem Tina aus seinem Leben verschwunden war, hatte er verschiedene Frauen im Arm gehalten, doch mit Liv fühlte es sich anders an. Warum es anders war, konnte er nicht erklären, aber diese Tage mit ihr, diese Nacht, stellten alles, was er jemals mit anderen Frauen gehabt hatte, in den Schatten. Er zog Liv in seine Arme. Sie roch unglaublich. Sogar das Geräusch ihres Atmens machte ihn an.

„Was ist passiert? Willst du mir nicht mehr von dir erzählen?" Er lag neben ihr, den Kopf auf die Hand gestützt und musterte sie aus blauen Augen.

„Willst du dir wirklich damit den Tag verderben? Wir könnten auch über Bücher sprechen."

„Ich will dich kennenlernen, jedes Detail aus deinem Leben ist wichtig für mich."

„Dann liegen wir noch nach Neujahr hier."

„Kein Problem, Liv, wir haben es hier ja warm und gemütlich."

„So spannend war mein Leben wirklich nicht."

„Darf ich das entscheiden? Ich finde, die Geschichte mit der Frau Winter …"

Sie lachte schallend. „Nur weil es gerade kalt ist, ist sie nicht Frau Winter. Sie hieß Frau Sommer."

„Gut, die Geschichte mit Frau Sommer, sie hat mich sehr berührt … Wie sie sich um dich gekümmert hat."

„Du erinnerst mich an sie. Rune, wirklich."

„O Gott, ich weiß, ich hätte längst zum Frisör gehen sollen, aber sehe ich deswegen jetzt schon aus wie eine Frau?"

„Nein, nein, du verstehst das ganz falsch."

„Erklär es mir."

„Ich meine doch nur, so wie du dich um Che, Mistel und Heißsporn und Stella kümmerst. Jeder braucht jemanden, der auf ihn aufpasst, egal ob Mensch oder Tier. Und Frau Sommer war dieser Mensch für mich."

„Ich bin froh, dass sie das für dich war. Und ich wäre gerne viel eher in dein Leben getreten, um dieser Mensch für dich zu sein."

„Jetzt bist du ja da." Sie beugte sich über ihn und küsste ihn. „Und hast du so einen Menschen?"

„Ich hatte gehofft, du könntest dieser Mensch sein."

„Das bin ich gerne."

„Was ist sonst noch passiert, Liv, ich meine, nach Frau Sommer. Du bist schwanger."

„Ja, ich erwarte ein Kind."

„Und wo ist der Vater des Kindes?" Er strich mit der Hand liebevoll über die Wunde auf ihrer Stirn. „Was hat er dir angetan?"

„Viel, wenn ich ehrlich bin. Ich habe mich in ihm getäuscht. Es fing alles gut an, erst später hat Martin mir das Gefühl gegeben, dick und unattraktiv zu sein. Eine Frau, die man lieber auf Abstand halten will. Wenn man in einer Konditorei arbeitet, muss man kosten. Und das ist nicht gerade Diätnahrung … Also habe ich meinen Laden verpachtet."

„Was ist das für ein Quatsch … Hat er dir wirklich eingeredet, dass …"

„Ich dick bin? Ja, das hat er. Und ehrlich gesagt, hat er ja auch recht. Dina zumindest …"

„Dina ist dürr wie ein Skelett. Das macht dich noch nicht dick. Du bist perfekt."

„Ich könnte dir die Füße küssen, so lieb wie du bist, aber nicht alle sehen das so."

„Wen interessiert schon, was andere denken? Du bist wichtig für mich. Und für mich bist du schön." Er spielte mit ihren Locken. „Was ist mit dem Kind? Wirst du es allein aufziehen, weil sein Vater dich schlägt?"

„Weil … ach Gott, es ist mir so peinlich. Können wir nicht über etwas anderes reden?"

„Wie oft hat er dich geschlagen?"

„Nicht oft, aber jetzt, wo ich schwanger bin, ging es nicht mehr nur um mich. Ich meine, wenn dem Kind was passiert … Das könnte ich nicht ertragen."

„Es gehört Mut dazu, einfach wegzugehen."

„Ich hätte es schon viel eher tun sollen, aber … irgendwie habe ich mich immer wieder an den Anfang erinnert. Es war eine gute Zeit, damals, und als Martin anfing, mich mit seiner Hand und seinen Worten zu schlagen, habe ich gedacht … Ich bin schuld … Es ist alles meine Schuld … Ich hab es vermasselt. Wenn ich mir nur ein wenig mehr Mühe geben könnte, würde alles wieder gut werden – so wie früher."

„Was genau ist passiert, bevor du hierhergekommen bist?"

„Martin kam später von der Arbeit. Eigentlich wollten wir uns einen gemütlichen Abend machen, aber sein Meeting zog sich in die Länge … Ich hielt das Essen im Ofen warm. Er hasst weichgekochtes Gemüse und Fleisch, so zart und mürbe, dass es von der Gabel fällt. Und genauso war das an dem Abend. Martin kam nach Hause, setzte sich an den Tisch. Er hatte mich kaum beachtet, und ich trug auf. Mein Herz klopfte, denn er hatte wieder so eine aggressive Art an sich. Ich konnte das immer wittern, habe mich dann noch kleiner und unauffälliger gemacht, damit er mich bloß nicht sah. Fast wie ein Chamäleon, das mit der Umgebung verschmilzt. Der Tisch im Wohnzimmer war festlich gedeckt, ich hatte das beste Porzellan gewählt, wollte alles richtig machen. Ich trug also auf. Dann setzte ich mich ihm gegenüber.

„Wie war dein Meeting?" Gespräche bei Tisch vermittelten mir einfach die Illusion, dass alles in Ordnung sei.

„Alles ist schief gelaufen", blaffte er. „Wir haben den Auftrag nicht bekommen."

Als er das sagte, wusste ich, dass der Abend nicht mehr gut werden würde. Er nahm die Gabel, führte sie zu seinem Mund, und dann …"

„Was passierte dann?" Rune stopfte das Kissen hinter seinen Rücken.

„Das Fleisch, das so zart war, fiel von einer Gabel. Erst sah Martin nur irritiert auf den Teller, schob alles wieder auf die Gabel und beförderte es in den Mund. Ich beobachtete ihn aus den Augenwinkeln. Bloß keinen Blickkontakt.

Doch dann hämmerte er die Faust auf den Tisch. „Verfickte Scheiße, was ist das denn für ein Fraß?"

Ich zuckte zusammen, ein Glas polterte zu Boden. „Lammbraten. Den magst du doch so gern."

„Das ist kein Lammbraten, sondern verquirlte Babynahrung. Was ist denn heute los? Erst das Meeting, die inkompetenten Kollegen und nun du? Bin ich denn nur von Idioten umgeben? Muss ich alles selbst machen?"

Ich schwieg immer noch, krümmte meinen Rücken, um das Baby zu beschützen. Er stand auf, warf den Teller an die Wand und kam auf mich zu. Ich war wie ein Reh, gefangen im Licht, unfähig, mich zu bewegen. Er zerrte mich an den Haaren hoch. „Kannst du noch nicht einmal ein vernünftiges Essen auf den Tisch stellen?"

„Doch, natürlich …" Bevor ich den Satz zu Ende sprechen konnte, hatte ich den ersten Schlag im Gesicht.

„Das nennst du kochen? Ich zeig dir, wie man kocht." Und dann zerrte er mich in die Küche."

„O mein Gott! So ein Scheißkerl!"

„Dort hämmerte er meinen Kopf auf die Arbeitsplatte, dann hat er alles auf den Boden geschmissen und ist aus dem Haus gerannt, um irgendwo zu essen. Ich war total fertig, müde, aber ich habe sauber gemacht und danach die ganze Nacht wachgelegen. Morgens, als er Brötchen holte, bin ich weg, habe nur meinen Rucksack genommen. Ich brauche nichts, ich will nur einen neuen Anfang. Wahrscheinlich hätte ich es besser planen sollen, aber ich hatte so viel Angst. Um mein Kind und um mich."

„Und so bist du hier gestrandet?"

„Ja, buchstäblich auf Eis gelaufen."

„Hier kann er dir nichts antun, bei mir bist du sicher."

„Ich weiß, trotzdem … ich muss mir eine Arbeit suchen."

„Du hast doch deinen Laden noch."

„Nur verpachtet, aber das ist gut. Dadurch habe ich noch Einnahmen, aber leben kann ich davon nicht. Es ist genug, um mich fürs Erste über Wasser zu halten, bis ich etwas gefunden habe."

„Ich rede mit Klara … sicher kann sie noch Hilfe gebrauchen. Und wohnen …"

„Ich mag dich, Rune, sehr sogar, aber ich werde nicht hier wohnen."

„Warum nicht? Willst diesen Anfang selbst schaffen?"

„Genau. Ich muss mir beweisen, dass ich es allein schaffe, ohne Martin. Ohne jemand anderes."

20.Dezember

„Keine Sorge, sie werden dich nicht auffressen!" Rune stellte den Chardonnay auf den Tisch, rückte einen Weihnachtsstern zurecht und streute Sternenglimmer über die schimmernde Damasttischdecke.

Sie hatten Stunden in der Küche gestanden, und Liv spürte jeden Muskel in ihrem Körper. Nun eine warme Dusche und frische Kleider! Dazu reichte gerade die Zeit noch, bevor die ersten Gäste eintreffen würden. Ein letztes Mal prüfte sie die die Tischdekorationen.

Liv nahm die Plastiktüte mit dem Küchenabfall. „Ich bringe das noch schnell nach draußen. Geh du schon, und zieh dich um."

„Bin ich etwa nicht salonfähig?"

Sie puffte ihn liebevoll in die Seite. „Ich möchte sehen, ob du genauso sexy in anderen Kleidern bist wie in der verbeulten Jeans und barfuß."

Sie drehte ihn um und gab ihm einen sachten Stoß. Er trottete sichtbar missgelaunt zur Tür und seufzte abgrundtief. „Okay, wir sehen uns gleich."

Liv öffnete die Haustür und schnappte nach Luft, als der eisige Wind ihr ins Gesicht blies. Eine dicke

Eisschicht machte das Gehen zu einem gefährlichen Balanceakt. Der Himmel färbte sich rötlich, mit tiefschwarzen Tintenstreifen, nur vereinzelt blitzten silberne Sterne auf. Jeder Atemzug, den sie einsog, schnitt scharf wie Rasierklingen in Kehle und Lunge, bevor sie ihn in einer Dampfwolke wieder ausstieß. Vorsichtig stakste sie über den Hof, darauf bedacht, nicht hinzufallen. Der Schnee knirschte unter ihren Stiefeln.

Der Abfallcontainer stand gut versteckt hinter der Scheune. Der Hofplatz entpuppte sich als glatte Eisbahn. Liv hob den Deckel zum Abfalleimer an, warf die Tüte in den Schlund und erstarrte. Nicht weit von ihr bewegte sich etwas. In der Dämmerung konnte sie nicht deutlich sehen, was los war. Vielleicht lungerten Ratten oder Füchse in der Nähe? Was bewegte sich dort?

„Ich bin es, keine Sorge."

Sie atmete auf. Dina stützte sich mit der einen Hand an der Scheunenwand ab, während sie sich mit der anderen den Knöchel massierte.

„Haben Sie mich erschreckt." Erleichtert trat Liv näher. „Geht es Ihnen gut? Brauchen Sie Hilfe?"

„Nein danke, es geht schon. Ich brauche nur eine kleine Pause."

„Was ist passiert?"

„Ich bin umgeknickt, als ich meinen Abendspaziergang machen wollte."

„Ich bin auch mit dem Abfall hierher geschlittert. Es ist furchtbar glatt. Kommen Sie mit, drinnen ist es wärmer."

„Nein", wehrte Dina mit schmerzverzehrtem Gesicht ab. „Ich brauche nur eine kleine Verschnaufpause."

Liv schlang die Arme um sich. Der Wind riss an ihrem langärmeligen T-Shirt. Bei der Kälte sollte sie nicht lange mit Dina herumstehen.

„Kommen Sie, Rune fährt Sie nach Hause. Vielleicht sollte er sich den Fuß ansehen."

„Um Gottes willen, nein, gleich kommen die Gäste, nicht wahr? Da will ich nicht stören.

„Das ist kein Problem."

„Ah, ganz nach dem Motto der Madsens, die an ihrem Tisch immer einen freien Platz haben?"

„Ja, genau." Liv lächelte, um Dina aufzuheitern. „Außerdem haben wir Proviant für eine ganze Armee."

„Ich hab wirklich keine Lust, dort zu sein. Letztes Jahr war ich eingeladen, als Familienmitglied sozusagen, da komme ich heute nicht als Anhängsel."

„Sie sind unsere Nachbarin."

„Unsere? Reisen Sie nach dem Fest nicht ab?"

Liv überlegte, was sie sagen sollte. Nein, bisher hatten Rune und sie das Thema noch nicht wirklich angeschnitten. Sie wollte sich eine Existenz aufbauen, aber wann sie gehen würde … Sie wusste es noch nicht.

„Morgen reise ich noch nicht ab. Da werden wir hier genug aufzuräumen haben."

Dina runzelte die Stirn. „Also, es geht mich ja nichts an, aber hat Rune Ihnen schon von Laurits und Tina erzählt?"

„Natürlich, das hat er."

„Sicher hat er Ihnen nur die halbe Wahrheit erzählt. Das macht er immer."

„Dina, ich muss wirklich gehen. Die Gäste kommen gleich." Liv drehte sich um und trabte auf unsicheren Füßen los, aber Dina krallte ihre Finger so fest in Livs

Ärmel, dass sie nicht weitergehen konnte. „Rune hat Tina weggeschickt. Das verschweigt er."

„Warum sollte er das getan haben?"

„Er hat ihr nie verziehen, dass sie ihm kein gesundes Kind schenken konnte. Er litt damals unter Stress, nicht Tina."

„Sie sind verrückt. Lassen Sie mich sofort los." Liv riss sich los und marschierte zurück zum Haus. Dina lachte sardonisch hinter ihrem Rücken.

„Er hat Ihnen eingeredet, Tina hätte das Kind nicht gewollt, aber er schon, nicht wahr?"

Liv blieb wie angewurzelt stehen. Ja, das hatte er ihr gestern Abend vor dem Kamin anvertraut. Er konnte sich Tina nicht entziehen. Sein Glück sprudelte wie Champagnerbläschen, weil Tina ihn wollte. Nichts war zu gut für sie. Nichts zu teuer. Er wollte sie verwöhnen, ihr jeden Wunsch von den Bernsteinaugen ablesen und ein Lächeln auf ihre Lippen zaubern. Dieses spritzige Gefühl weckte Kräfte in ihm, und er wuchs über sich selbst hinaus. Als sie ihm erzählte, dass ein neuer Mensch in ihr wuchs, platzte er schier vor Glück. Bis die Ultraschalluntersuchungen die grausame Wahrheit enthüllten. Laurits Organe waren massiv fehlgebildet. Er litt am sogenannten Edwards Syndrom, auch Trisomie 18 genannt. Achtzig Prozent der Kinder starben bis zur Geburt, erklärte der Gynäkologe ihnen, und die Handvoll, die es schaffte, überlebte meistens nur Wochen.

„Wenn Sie abtreiben, haben Sie einen klaren Schnitt", schlug der Arzt vor. „Das ist in einer solchen Situation der übliche Weg."

Rune konnte diesen Zynismus nicht ertragen, auch wenn er gut gemeint war. Tina, so erzählte er mit brüchiger Stimme, gab dem Arzt recht. In diesem Augenblick bekam ihre Ehe den Riss, der zum endgültigen Bruch führte. Wie könnte er sein Kind dem Tod übergeben, diesen kleinen Menschen, den er jetzt schon mehr liebte als sein Leben? Tina führte die Schwangerschaft durch, jedoch nur für Rune. Später suchte sie das Weite und lief vor dem Schmerz davon, bis sie über einen Anwalt schriftlich die Scheidung einreichte. Das war Runes Version, und Liv glaubte ihm aufs Wort.

„Hat er gesagt, dass er das Kind wollte, Tina aber nicht?"

Dinas Stimme schnitt scharf durch die eisige Luft. Liv presste die Lippen aufeinander, drehte sich um und fixierte Dina, die siegessicher lächelte.

„Jede Frau will hören, wie ein Mann für sein Kind kämpft. Hach, was für eine Geschichte! Aber es war ganz anders."

„Sie lügen."

„Sie glauben mir nicht? Nun gut, Rune konnte sich noch nie binden."

Liv spürte, wie sich ihr Hals zuschnürte. „Ich werde nicht mit Ihnen über Rune sprechen."

„Ich will Sie nur vor einem Reinfall bewahren. Sie laufen vor irgendetwas weg. Jemand hat sie enttäuscht, und gerade deshalb sollten Sie wissen, was wirklich mit Rune los ist."

„Sie wollen Rune doch nur für sich. Tischen Sie mir deshalb diese Lügengeschichte auf?"

„Glauben Sie, was Sie wollen. Rune Madsen hüpft von einer Bettkante zur nächsten, und er ändert sich nicht."

„Vielleicht hat er bisher nicht die Richtige getroffen."

„Und ausgerechnet Sie sind die Richtige? Sollten Sie sich nicht lieber fragen, ob Sie einfach leicht zu haben sind? Mit Ihnen ist er genauso schnell fertig wie er Sie für sich gewinnen konnte."

Liv presste die Lippen aufeinander. Tränen brannten hinter ihren Lidern, und als Dina sich kopfschüttelnd umdrehte, log sie verzweifelt. „Ich interessiere mich nicht für Runes Frauengeschichten, ganz egal ob passé oder aktuell."

„Sagen Sie später bloß nicht, ich hätte Sie nicht gewarnt."

Liv sah ihr nach. Sie schlang die Arme um ihren Körper; schlotterte vor Kälte. Und vor Wut. Sie fror mehr innen drin als im eisigen Wind hier draußen. Wenn Dina Recht hätte, dann … Der Schmerz über den Verlust drohte sie zu ersticken.

„Hallo Bruderherz!" Klara zog ihre Stiefel aus und beförderte weiche Ballerinas aus der Tasche. Sie schlang die Arme um ihn und schüttelte missbilligend den Kopf. „Also wirklich … wieder barfuß und nur in Jeans. Wir feiern Mamas Geburtstag."

„Ja, ja, das hat Liv auch gesagt, aber ich bin wie ich bin, und wenn meine Familie mich nicht so annimmt, wie ich ticke, kann ich es auch gleich sein lassen."

„Ach, du Armer, komm. Wir lieben dich. Heute bin ich wirklich sehr neugierig auf deine Eroberung. Wo versteckst du deine Schneefrau?"

„Sie macht sich gerade frisch."

„Und wahrscheinlich ist sie nachher besser gekleidet als mein Bruder. Ich bin wirklich enttäuscht!"

„Echt? Was habe ich falsch gemacht?"

„Das fragst du noch? Du hast mich nicht mehr angerufen. Ich sterbe vor Neugierde."

Rune grinste. „Das glaube ich dir aufs Wort. Weißt du was: Auch in unserer Familie hat man ein Recht auf seine Privatsphäre."

„Dazu möchte ich mich wirklich nicht äußern. Übrigens verzeihe ich dir." Klara ging zielstrebig in die Küche. Sie bestaunte die Geschenktüten, die Liv liebevoll mit Pralinen und Gebäck gefüllt und beschriftet hatte. „Sind die für uns?"

„Ja, aber die bleiben noch zu. Machst du das? Mir verzeihen?"

„Natürlich, denn dass du dich nicht gemeldet hast, ist ein gutes Zeichen. Du warst anderweitig beschäftigt. Hast du Mama und den anderen schon von ihr erzählt?"

„Nein, noch nicht. Liv und ich, wir machen das gemeinsam, wenn wir zusammen essen. Es soll eine Überraschung werden und ich hab bisher nur erzählt …"

„Shit!"

„Was ist? Hast du Mamas Geschenk vergessen?"

„Ach was, aber ich habe mich Mia gegenüber wohl verplappert … Ich bin so aufgeregt." Ihr Gesicht legte sich in Sorgenfalten. Klara, seine Klara, die mehr hüpfte als lief, weil sie unter ihrer Energie und ihren Ideen förmlich zu bersten schien.

„Die Buschtrommeln haben die Neuigkeit also schon weitergetragen, nehme ich an?"

„Ich befürchte es. Weißt du, alle sind einfach froh. Endlich steckst du wieder den Kopf aus deinem Schneckenhaus."

„Also keine Überraschung …"

„Nein, ich befürchte, das habe ich dir gründlich vermasselt. Du, ich biege das gerade. Wo ist Liv? Im Gästezimmer? Was meinst du, soll ich nicht einfach mal vorbeigehen?"

„Nein, gönne ihr die Zeit für sich allein. Du lernst sie schon noch früh genug kennen. Ich wollte dich auch etwas fragen: Brauchst du nicht noch eine Konditorin für den Teesalon?"

„Ja, ich habe immer noch niemanden gefunden. Sag bloß, Liv sucht Arbeit?"

„Das und eine Wohnung."

Klara schnappte sich eine Geschenktüte und öffnete die Schleife.

„Du sollst die Finger davon lassen."

„Nee, ich brauche Nervennahrung. Ich habe gerade ein Staatsgeheimnis ausgeplaudert, und das hat meinen Blutzuckerspiegel in den Keller getrieben. So viel Stress … Da helfen nur süße Sachen."

Sie fischte eine Pistazienkugel aus der Tüte, schob sie sich in den Mund und schloss genussvoll die Augen. „Die sind himmlisch! Hat Liv die wirklich selbst gebacken?"

Rune schlug ihr belustigt auf die Finger. „Das ist Livs Geschenk für den Weg nach Hause. Ein Betthupferl."

„Ich teste nur! Als Vorkoster sozusagen."

„Und was sagst du?"

„Das Konfekt würde sich sehr gut zum Sencha Lemon Tee machen. Ich muss mit der Frau reden. Wenn sie will, kann sie auch die Mansarde mieten. Ich muss sie irgendwie bestechen, damit sie bei mir einsteigt."

„Gut, ihr solltet heute nebeneinander sitzen."

„Ich bitte darum … Bei diesen Fähigkeiten kann man ihr einfach nicht widerstehen. Ich verstehe dich so gut."

„Stimmt, aber sie hat noch viel mehr Qualitäten. Sie ist einfach …"

Ein Scheinwerfer fräste sich durch die Dunkelheit auf dem Hof und parkte in der Nähe des Christbaums.

„Die anderen kommen … Wir reden später weiter."

Liv sank auf den Toilettendeckel und starrte auf die Terrakottakacheln. Dinas Worte rieben wie Schleifpapier an ihren Nerven. Sie bekam nicht mehr genug Luft. *Und ausgerechnet Sie sind die Richtige?*

Schweißgebadet öffnete sie den obersten Knopf ihres T-Shirts, atmete tief ein und aus. Mein Gott, was machte sie noch hier? Was tat sie sich an? Sie wollte ein neues Leben ohne Mann. Stattdessen schmiss sie dumme Kuh sich dem nächstbesten Charmeur an den Hals. Sie presste die Fäuste auf die Augen.

Einer wie ihr konnte es nicht auf Dauer gut gehen. Schlussendlich machte sie immer alles kaputt. Du bist schuld, hatte ihre Mutter unablässig gejammert, dass dein Vater mich verlassen hat. Martin wollte sie nicht wirklich, nicht so wie sie war, sondern schlanker und stiller. Ihr Kind wollte er auch nicht.

Und Rune? Erst als ihr Tränen über die Lippen liefen, merkte sie, dass sie weinte. Wütend wischte sie sie mit dem Handrücken fort. Wann würde sie lernen, ihr Leben nicht gleich in die nächste Katastrophe zu steuern? Eine neue Chance bedeutete nicht, sich gleich in den Nächstbesten zu verlieben – so wie damals in Martin, nachdem Frau Sommer gestorben war, und jetzt in Rune. Sie würde keinen Gedanken mehr an Rune verschwenden.

Sie hatte alles, aber auch alles falsch verstanden. Seine Blicke, seine Fürsorge, seine Freundlichkeit. Sie wusch sich das Gesicht. Sie würde ein Taxi rufen. Auf der Stelle!

„Ich bin so froh, dass du das mit dem Essen geschafft hast." Frederik schlug Rune auf die Schulter, ein wenig unbeholfen, tapsig wie ein Bär. Er ähnelte seinem Vater, so ungelenk wie er durchs Leben ging, aber er hatte das ebenmäßige Gesicht seiner Mutter. Wenn Frederik doch nicht so verschlossen wäre und immer alles mit sich selbst ausmachte. Mit angespannter Miene und Krücken humpelte er ins Wohnzimmer.

Sofia Madsen, die Frederik gefahren hatte, trat ein. Wie immer erinnerte ihn seine Mutter an eine Elfe, feingliedrig, zart und ätherisch, doch hinter ihrer Fassade versteckte sich eine Löwin. Tja, in der Wildnis sorgten die Löwinnen auch für die Ihren. Henrik und seine Familie drängten hinter seiner Mutter ins Haus. Wie hatte diese kleine Frau so viele wunderbare und große Menschen allein großgezogen?

Sofia legte den Mantel ab und schnupperte. „Rune, es riecht verführerisch. Ich freue mich so, heute hier zu sein."

„Ja, Mutter, ich auch."

Sie beugte sich vor und wisperte. „Klara hat erzählt, du hast eine besondere Überraschung für uns. Das ist wirklich schön."

Er nickte verschwörerisch, und als sein kleiner großer Bruder ihn umarmte, verging ihm fast das Hören und Sehen, so fest drückte Henrik ihn. Er baumelte wie ein

Fisch an der Angel und schnappte nach Luft. Mia knuffte Henrik in die Seite. „Lass ihn doch. Er kriegt ja kaum Luft."

„Onkel Rune, gibt es auch ein Geschenk, wenn wir den Mandelreis gegessen haben?" Die Zwillinge hüpften wie Flummis vor ihm auf und ab, voller Energie und Lebensfreude.

„Natürlich, für jeden gibt es sogar eine kleine Überraschung."

„Und eine große für den Gewinner, der die Mandel findet? Bitte, bitte …"

„Ich glaube schon."

„Und dürfen wir mit Che und Mistel spielen?"

„Geht einfach ins Wohnzimmer. Dort liegen sie."

Mia hing ihren Mantel auf und küsste ihn auf die Wange. In ihren raspelkurzen Haaren glitzerte Schnee. „Abende mit so vielen Überraschungen sind die schönsten, nicht wahr?"

„Genau."

Sie beugte sich zu ihm und flüsterte. „Klara hat gezwitschert, aber ich habe es niemanden weitererzählt. Ihr wollt es sicher selbst sagen?"

„Ja, aber woher weiß Mutter es?"

„Ich weiß nicht? Klara?"

„Wahrscheinlich. Das sähe ihr ähnlich."

„Ach Rune, sie ist einfach nur froh. Du ahnst nicht, wie viel Sorgen sie sich immer um dich gemacht hat."

Klara, seine kleine Schwester, machte sich Sorgen um ihn? Er hatte es geahnt, aber es war verkehrt. Er sollte sich um Klara kümmern. So wie er es seit dem Tod seines Vaters getan hatte.

„Wir warten nur noch auf Helene."

„Lasst uns einfach schon einmal ins Wohnzimmer gehen. Sie kommt immer zu spät."

Mia lachte. „Genau fünfzehn Minuten. Nur die Erklärung, *warum* sie verspätet ist, variiert."

Liv schlich über den Flur, den Rucksack auf dem Rücken. Das Taxi würde in wenigen Minuten kommen. Sie musste so schnell wie möglich zur Straße, damit ihre Flucht nicht bemerkt wurde. Nicht auszudenken, wenn der Fahrer auf dem Hof hielt, und dadurch die ganze Familie zusammentrommeln würde. Einen Abschied von Angesicht zu Angesicht und im Beisein der Familie konnte sie nicht ertragen. Die Stimmen der Gäste schwappten aus dem Wohnzimmer herüber. Wortfetzen flogen zu ihr.

„Wann stellst du uns deine Liv vor?"

„Nimm erst mal ein Plätzchen, sie kommt jeden Augenblick!"

„Wenn sie genauso süß ist, wie das Konfekt, das sie gemacht hat, dann … Schau mal nach, was sie macht …"

„Sicher ist sie nervös, weil wir das Haus invadieren!"

„Gut, ich hole sie jetzt!" Die Tür öffnete sich einen Spalt breit, und ein Streifen Licht fiel auf den Flur. Liv presste sich tiefer zwischen die Mäntel an der Garderobe. Schweiß rann ihr den Rücken hinunter. Sie hielt den Atem an. Wenn er sie entdeckte …

„Lass Sie in Ruhe. Sie kommt, wenn sie bereit ist. Wir Frauen wollen nicht kontrolliert werden."

Die Tür schnappte zu, und Gelächter klang aus dem Raum. Liv wagte wieder zu atmen. Nichts wie weg.

„Gib Ruhe, Mistel." Der Labrador scharrte hinter der Tür. Rune versuchte den Welpen zu beruhigen, aber sie musste Liv gewittert haben, und kläffte.

„Was hat der Hund bloß?" Mistel bellte weiter.

„Sie will raus. Sicher muss sie mal. Wir gehen mit Mistel vor die Tür", riefen zwei aufgeregte Mädchenstimmen. Das waren sicher die Kinder von Henrik und … wie hieß seine Frau noch? Mia? Und die Mädchen? Ach, auch egal.

„Ich weiß nicht." Runes warmer Bariton jagte ihr einen Schauder über den Rücken. Immer noch. Und daran würde sich vermutlich nichts ändern. Alles, was du fühlst, sind nur chemische Reaktionen. Das konnte man erklären. Also kein Grund, sentimental zu werden. Sie musste raus. Schnell blinzelte sie die Tränen weg, die schon wieder ihre Augen füllten.

Wenn sie eine Konfrontation umgehen wollte, musste sie jetzt los. Sie stürzte zur Haustür und riss sie auf. Liv trat auf die Stufen, doch zu spät bemerkte sie die schimmernde Oberfläche des Eises. Sie ruderte mit den Armen, und das Gewicht des Rucksacks, gefühlte schwere Steine, zog sie ohne Erbarmen in die Tiefe. Sie fluchte leise und landete auf den Po. Hinter ihr wurden Stimmen laut. Erschrocken rappelte sie sich auf und schlitterte über die Einfahrt zur Straße. Rannte, rannte, rannte. Schweißperlen bildeten sich auf ihrer Stirn.

„Liv!" Rune sprang hinter ihr her. Was zum Teufel machte sie draußen mit dem Rucksack auf dem Rücken? Er landete im Schnee, rutschte aus und fiel. Seine nackten Füße schmerzten vor Kälte. „Warte!"

Was war los? Eine eisige Hand umklammerte sein Herz. Sie konnte doch nicht gehen, einfach so, ohne sich zu verabschieden? Warum nur? Mistel jagte an ihm vorbei. Rune rappelte sich auf und nahm die Verfolgung auf. Wenn er sie nicht erreichte, würde er sie nie mehr wiederfinden. Er hatte keine Adresse, er … Von der Straße hörte er das monotone Brummen eines Lasters.

„Bleib stehen!" Er preschte voran; sie rannte erstaunlich schnell, obwohl sie ihren Rucksack schleppte, und sah verzweifelt über den Rücken zu ihm und rannte weiter. Rannte, rannte, rannte. Als wenn es um ihr Leben ging. Sie wollte offensichtlich weg, weg von ihm. Nun näherte sie sich der Landstraße. Zwischen den Bäumen leuchteten die Scheinwerfer des Lasters auf, der sich rasend schnell näherte. Sah sie denn gar nicht, was auf sie zukam?

Liv stolperte weiter. Weg, weg, weg, so eine wie sie fand nicht das Glück. Sie war nur naiv in die Falle getappt. Dina hatte recht. Sie musste fort, es allein schaffen. Sie konnte unmöglich mit Rune sprechen. Erleichtert sah sie das hell erleuchtete Taxi. Der Fahrer drosselte die Geschwindigkeit und würde auf sie warten, wenn sie auf die Straße kam. Sie musste nur auf die andere Seite.

Sie hörte Rune hinter sich und schaute erschrocken über die Schulter. Diesmal würde sie sich nicht von seinem Charme einwickeln lassen! Sie hetzte weiter. Ihre Lungen brannten, Tränen froren zu Eis auf ihren Wangen. Sie schoss auf die Fahrbahn. Erst jetzt sah sie den

Laster, der sich von links näherte. Sie hatte ihn nicht gehört, verdammt … Der Fahrer versuchte, ihr auszuweichen. Das Fahrzeug schlingerte. Ein Ruck jagte durch ihren Körper. Sie verlor den Boden unter den Füssen, wirbelte wie ein Schneeball durch die Luft. Ihr Kopf zuckte ruckartig herum. „Das Baby, ich kann mein Baby nicht beschützen! O mein Gott, bitte …"

Mit einem scharfen Schmerz in der Brust landete sie im Schnee. Irgendetwas nässte ihre Haare. Sicher nur der geschmolzene Schnee. Jemand stieg aus, telefonierte, um einen Krankenwagen zu rufen.

Rune, da kniete Rune. Er nahm ihre Hand. Sie wandte den Kopf; versuchte Worte zu formen, wollte ihm sagen, dass sie unbedingt reden müssten. Dass alles ein Fehler gewesen, ein Resultat überaktiver Hormone und inaktiver Gehirnzellen und das Baby, das Baby … Sie konnte es nicht. Ihr Blickfeld zoomte ein. Das Bild, die Farben, alles verblasste und franste aus. Dunkelheit hüllte sie ein.

„Zieh dir Socken und Schuhe an. Sonst holst du dir den Tod. Ich fahre dich ins Krankenhaus." Henrik reichte ihm seine Stiefel und den Parka. Um ihn herum standen Mia, Helene, die Zwillinge, ganz blass und seine Mutter. Still waren sie, als hätte der Wind alle Worte mit sich genommen. Mutter Geburtstag … Er richtete sich auf und schlang die Arme um seine Mutter.

„Ich muss weg, bitte, es tut mir leid."

„Natürlich musst du los. Warum bist du überhaupt noch hier?" Sie drückte ihn an sich, und einen Augenblick fühlte er wieder die Sicherheit, wie in seinen Kindertagen. „Sonst wäre ich dir auch böse. Alles wird gut, mein Junge."

„Ich hoffe es."

„Fahr los, Liv braucht dich."

Gerne hätte er gesagt, dass er auch seine Mutter brauchte, aber er biss sich auf die Zunge. Sollte er wieder den Menschen verlieren, den er liebte? Musste er noch einmal durch diese Hölle? Er brachte kein Wort heraus, wischte sich nur mit dem Handrücken über die Augen und nickte.

Henrik wartete im Auto, die Knöchel, weiß verfärbt, umklammerten das Lenkrad. Runes Zähne klapperten. Liv. Sie wirbelte durch die Luft, prallte auf den Boden, dann das rote Blut. Ein Unfall, grausam und brutal. Ständig drehte sich dieser Satz in seinem Kopf. Eine Endlosschleife. Der Krankenwagen fuhr ab, ohne ihn. Blut, überall Blut, das den Schnee rot färbte. Er schüttelte den Kopf, um das Bild zu vertreiben.

„Überhol endlich die Schnecke", presste er zwischen den Zähnen hervor.

„Willst du, dass wir auch eingeliefert werden? Nein? Dann halt deine Klappe." Henrik blieb standhaft, wie ein Fels in der Brandung, so wie immer. Verzweifelt schaute Rune auf die Fahrbahn.

„Nimm die Lichthupe, dann macht der Golf da vorn Platz."

„Wir kommen schon noch früh genug im Krankenhaus an."

Endlich bog der Golf vor ihnen ab. Henrik brauste an ihm vorbei und befand sich sofort dicht hinter den Autos, die ein ganzes Stück vor ihnen gefahren waren.

114

Rune trommelte auf seine Knie. Ein riesiges, bodenloses Nichts verschlang ihn, wie ein ausgehungertes Monster. Wieso musste das passieren? Hatte er mit Laurits nicht schon genug gelitten? Der Unfall war schwer gewesen, viel schwerer, als es ausgesehen hatte. Sicher kam alle Hilfe zu spät. Sicher kam er zu spät.

„Ich will sie nicht verlieren. Nicht schon jetzt."

„Warte erst mal ab." Henrik legte seine Hand beruhigend auf Runes Arm. „Wir sind bald da. Dann weißt du mehr."

„Wir hatten noch gar keine Chance zusammen."

Henrik schwieg und konzentrierte sich auf den Verkehr.

„Gib doch Gas!", schrie Rune verzweifelte. „Ich muss zu ihr, bevor es zu spät ist."

Henrik warf ihm einen besorgten Blick zu und fuhr dichter auf den Wagen vor ihm auf. Endlich machte der Fahrer Platz, und sie rasten weiter, mit einem kurzen Nicken in seine Richtung.

„Sobald wir beim Krankenhaus sind, hole ich die anderen."

„Ich komme zurecht. Bleib bei Mutter, sie hat heute Geburtstag."

„Glaubst du im Ernst, sie macht das mit? Wir werden kommen, um dir zu helfen."

Wenn ihm noch jemand helfen konnte, dann nur Gott. Ob er ihn diesmal erhörte?

„Wer will das wissen?" Runes Frage, ob Liv noch lebte, wurde von der robusten Krankenschwester am Empfang des Krankenhauses zunächst mit einer Gegenfrage beantwortet.

„Ich bin ihr Mann."

„Könnten Sie sich ausweisen? Das könnte ja jeder sagen."

„Hören Sie, der Lastwagen hat meine Frau erwischt, und ich bin hinter dem Krankenwagen hergefahren. Mein Ausweis liegt zu Hause. Mein Führerschein übrigens auch."

„Eine Kreditkarte reicht mir auch …"

„Ich hab nichts mit. Dafür ging es alles viel zu schnell. Ich hab nur meine Schuhe angezogen und bin los. Und ich will verdammt noch mal wissen, ob meine Frau noch lebt."

„Bitte verstehen Sie, ich darf nur Angehörigen Auskunft geben."

„Schwester!" Rune hämmerte seine Faust auf den Tresen. „Ich bin mit Liv Kirkegaard verheiratet, und wenn Sie mir nicht auf der Stelle sagen, wie es ihr geht, gehe ich morgen mit der Geschichte zur Presse. Das wird weder Ihnen noch dem Krankenhaus gefallen, und vielleicht verlieren Sie sogar Ihre Stelle … Haben Sie es jetzt endlich kapiert?"

„Herr Kirkegaard?"

Rune drehte sich um. Hinter ihm stand ein dunkelhaariger Arzt mit Halbglatze. Er reichte ihm die Hand. „Guten Abend. Ich bin Dr. Larsen."

„Madsen, Rune Madsen." Rune drückte seine Hand. „Bitte, wird sie überleben?"

„Er kann sich nicht ausweisen." Die pummelige Krankenschwester war sichtlich bemüht korrekt zu handeln, aber der Arzt ignorierte sie und senkte den Blick. Rune spürte, wie sein Herz einen Schlag aussetzte.

„Kommen Sie bitte mit. Ehrlich gesagt, sieht es nicht gut aus. Ihr Zustand ist kritisch."

Die Angst, Liv doch noch zu verlieren, brach über ihn herein wie eine Lawine, und raubte ihm den Atem.

„Eine gebrochene Rippe hat ihre Lunge verletzt, und wir müssen die Niere entfernen. Was uns wirklich Sorgen macht ist die Blutauflagerung auf der Gehirnoberfläche, die das CT gezeigt …"

„Ein epidurales Hämatom?"

„Ja, woher wissen Sie das?"

„Ich bin selbst Arzt – Tierarzt." Rune raufte sich die Haare. „Wann operieren Sie?"

„Sofort. Sie ist die Nächste."

Sie erreichten das Zimmer. Wie eine Marionette hing Liv an ein paar Schläuchen und Kabeln. Ihr Gesicht, zerschrammt, schien ihm noch kleiner, und auf der Stirn schimmerte ein Bluterguss. Völlig reglos lag sie, bleich wie eine Tote. Nur das Piepen der medizinischen Geräte verriet, dass sie lebte, kämpfte, atmete. Runes Herz krampfte sich schmerzhaft zusammen, und sein Hals kratzte.

„Und das Baby? Sie ist schwanger."

„Da konnten wir leider nichts machen. Ihre Frau …"

„Wird sie durchkommen?"

Dr. Larsen räusperte sich. „Ich will Ihnen keine falschen Hoffnungen machen. Es fällt uns schwer, den Kreislauf stabil zu halten."

Während Dr. Larsen Livs Werte begutachtete, hielt Rune ihre Hand, die kraftlos wie ein welkes Blatt in seiner lag. Ich liebe dich. Bleib am Leben. Er flüsterte es immer wieder, wie ein Mantra, mit dessen Worten er sie am Leben festbinden konnte.

Klara stürmte durch die Eingangstür der Notaufnahme, und starrte auf die dort versammelten Angehörigen und Patienten. Helene und ihre Mutter folgten ihr auf den Fersen. Sie hatte die ganze Zeit versucht, Rune anzurufen, aber er hatte sein Handy ausgestellt. Ihr Blick suchte den Raum ab. Was machte er nur? Hoffentlich würde er ihr sagen, dass sie sich umsonst Sorgen machte. Verletzungen am Kopf bluteten stark, sie wusste es und wünschte sich so sehr, dass Rune eine neue Chance bekam und wieder glücklich würde, so wie damals, als er und Tina noch an eine gemeinsame Zukunft glaubten. Sie wollte die Frau kennenlernen, die Runes Leben so versüßte, dass er wieder lächelte, nicht nur mit den Lippen, sondern auch mit den Augen. Sie wollte mit ihm reden, Liv sehen, und wissen, was los war und wie Livs Chancen standen. Auch wenn offensichtlich gar nichts mehr in Ordnung war.

„Ich erkundige mich am Tresen", erklärte ihre Mutter. Nachdem Henrik und Rune losgefahren waren, hatte sie dafür gesorgt, dass alle aßen, damit die nächsten zu ihm fahren könnten, um bei ihm zu sein.

„Aber Mama, es ist dein Geburtstag." Frederik protestierte.

„Wir essen, und später fahren Helene und ich ins Krankenhaus zu Rune und Henrik. Mia, Klara, du und die Kinder sorgen hier für Ordnung." Mit ihrer klaren Stimme dirigierte sie ihre Familie wie ein Intendant sein Team. „Liv ist verunglückt. Wir wissen noch nicht, was das für sie bedeutet, und nun sind wir für Rune und sie da."

„Ich komme auch mit!" Klara stand Rune, der sich nach Vaters Tod um alle und alles gekümmert hatte, sehr nahe. Sie musste zu ihm.

„Ja, mach das. Wir fahren in Henriks Wagen. Die anderen schlafen hier."

„Oma, du hast noch gar nicht deine Geschenke ausgepackt." Anna Lena schlang ihre Arme um den Hals der Großmutter und schaute sie aus erwartungsvollen Augen an.

„Das mach ich sofort. Helft ihr mir?"

Die Zwillinge ließen sich nicht zweimal bitten, und kurz darauf flog das Geschenkpapier raschelnd durch die Luft.

Rune tigerte unruhig über den Flur. Wie ein hungriges Raubtier. Hin und zurück. Hin und zurück. Solange er ging, würde sie nicht sterben. Hin und zurück. Zum fünften Mal in den vergangenen zehn Minuten schaute er auf die Uhr. Warum bewegte sich der Zeiger an der Wand wie in Zeitlupe? War die Batterie leer?

„Ruhen Sie sich ein wenig aus." Die füllige Krankenschwester blinzelte ihn aus gutmütigen Augen an. „Fahren Sie nach Hause, und schlafen Sie. Sobald Ihre Frau wieder wach ist, rufe ich Sie an."

Er wollte sich keinen Zentimeter von der Stelle rühren, egal, wie sehr er sich danach sehnte, sich einfach auf den Boden zu legen und zu schlafen. Ausruhen? Stumm schüttelte er den Kopf. Schlafen? Er sah zerknittert und abgerissen aus wie ein Obdachloser. Dr. Larsen hatte mehrmals betont, was für ein Wunder es war, dass Liv noch lebte. *Ein richtiges Weihnachtswunder ist das,* sagte er immer wieder.

Er würde da sein, wenn sie aus dem OP kam, ihre Haut berühren. Sonst würde sie vielleicht wie ein Engel in den Himmel schweben. Das würde sie nicht wagen, wenn er sie hielt, und er musste sie festhalten, denn er konnte nicht mehr ohne sie sein. Also tigerte er weiter über das ausgetretene Linoleum und ließ die Türen des OPs nicht aus den Augen. Dort kämpfte sie um ihr Leben. Und er kämpfte hier, an ihrer Seite.

Sofia Madsen zog Rune auf einen Stuhl. Ihre warmen Hände umschlossen seine.

„Ich hab Angst … Was ist, wenn wir keine gemeinsame Zukunft haben werden", sagte Rune. „Sie ist vor mir weggelaufen, Mama. Ich frage mich ständig, warum?"

„Das wirst du sie später fragen können. Jetzt bist du hier. Das ist das Einzige, was zählt."

Sie drückte seine Hand. „Ich möchte Liv kennenlernen, Rune. Mach nicht den gleichen Fehler wie ich."

„Was meinst du?"

„Wie ich aus schmerzlicher Erfahrung weiß, gibt es mehr im Leben als nur die Arbeit. Nun hast du endlich wieder einen Menschen gefunden, der dir etwas bedeutet. Finde heraus, ob sie auch so für dich empfindet. Du hast dich seit Laurits zu sehr in Arbeit vergraben."

Klara gesellte sich zu ihnen. „Mama hat Recht. Kämpf um Liv, wenn du sie willst. Verzichte nicht einfach auf die Liebe deines Lebens."

„Du denkst an Toke?"

„Ja, ich denke an Toke und frage mich immer noch, ob ich damals richtig gewählt habe."

Ihre Mutter drückte Klaras Hand. „Ach Schätzchen, ich versteh dich ja; aber Toke war nicht der Richtige für dich."

Vor einigen Jahren hatte Klaras Freund Toke sich von ihr getrennt, weil sie bei ihrer Familie in Dänemark blieb, statt mit ihm nach New York zu ziehen, wo er Karriere machte.

„Trotzdem gibt es keinen Tag, an dem ich diese Entscheidung nicht bereue. Und du, Rune, du musst kämpfen. Nachdem Tina verschwunden ist, hast du kaum noch jemanden an dich herangelassen. Liv ist der erste Mensch, der es geschafft hat. Du darfst nicht aufgeben. Gib ihr Kraft, damit sie leben kann. Glaub mir, sie spürt das."

„Sie hat ihr Baby verloren ... Weil sie vor mir weggelaufen ist. Das werde ich mir immer vorwerfen."

„Du weißt nicht, warum sie weg wollte. Egal, was passiert ist, gerade deshalb braucht sie dich jetzt."

„Ich hab so eine Angst. Endlich hab ich das Gefühl, angekommen zu sein, und dann das ..."

Klara setzte sich neben ihn. „Wenn du nicht für euch kämpfst, wirst du dir für den Rest deines Lebens Vorwürfe machen."

Tief im Innern begannen Klaras Worte in ihm zu arbeiten. Sie schwiegen. Die Uhr tickte langsam. Tick. Tack. Schließlich, nach einer halben Ewigkeit, schwang die Tür zum OP auf, und Dr. Larsen eilte in einem beschmutzten Kittel zu ihnen. Rune sah auf, gelähmt vor Angst. Jetzt. Es war soweit. Der Arzt erinnerte ihn an einen Racheengel. O nein ...

Klara beugte sich zu ihm, legte ihm die Hand in den Rücken und wisperte: „Atme tief ein. Alles wird gut."

Er atmete aus. Was würde Dr. Larsen sagen? Er versuchte es von seinem Gesicht abzulesen, aber die Miene des Arztes enthüllte nichts. Sofia drückte Runes Hand, und sofort fühlte er sich sicher, wie ein kleiner Junge, der sich durch den bedrohlichen Wald traut, weil seine Mutter mit ihm geht.

„Ich kann Ihnen noch nichts Genaues sagen, aber wir haben alles getan, um das Leben Ihrer Frau zu retten. Allerdings sind die Verletzungen gravierender, als wir zunächst angenommen haben. Ab jetzt können wir nur noch hoffen, dass sie durchkommt."

Kraftlos sank Rune auf den Stuhl. Schmerz pochte hinter seinen Schläfen. Was könnte alles passieren, wenn sie überlebte? Würde sie Sprachstörungen haben? Halbseitig gelähmt sein? Lieber Gott, bitte, lass sie wieder gesund werden. Sie durfte nicht sterben. Das Leben lag doch noch vor ihr! Er schloss die Augen. Die Welt um ihn herum brach zusammen.

21. Dezember

Weit nach Mitternacht kauerte Rune wie betäubt auf dem Stuhl. Die Ärzte operierten Liv wieder. Klara legte den Kopf auf seine Schulter. Er fühlte sich völlig ausgelaugt, mental, seelisch und körperlich. Seine Mutter blätterte alle Zeitschriften im Aufenthaltsraum durch; bis sie vor Erschöpfung einschlief, den Kopf an die Wand gelehnt. Er musste dafür sorgen, dass sie nach Hause kam. Henrik stand am Fenster und schaute in die Nacht.

Mia brachte ihnen Sandwiches vorbei, aber er bekam keinen Bissen herunter. Müde schloss er die Augen und schrak auf, als zwei Ärzte aus dem Operationsraum rannten. Kurz darauf liefen sie zurück, begleitet von Krankenschwestern, die Hände voller Blutkonserven. Einen Lidschlag später kam eine von ihnen zurück. Rune stellte sich ihr in den Weg: „Was ist los?"

„Herzstillstand. Wir haben Sie zurückgeholt. Sie kämpft wie eine Löwin."

Er versuchte vergeblich in den Gesichtern der Angestellten den Stand der Dinge zu lesen. Einige Stunden später nahm Dr. Larsen erschöpft neben ihm auf dem Stuhl Platz.

„Sie ist über'n Berg."

Runes Herz hämmerte gegen seine Rippen. Etwas wie Hoffnung flackerte in ihm auf. Liv und die Nähe zwischen ihnen, er vermisste sie so sehr. Bekamen sie doch noch eine Chance?

„Ich mache mir trotzdem Sorgen."

„Warum?" Sein Herz donnerte gegen die Brust.

„Wann haben Sie zuletzt gegessen?"

„Gestern irgendwann. Ich kriege sowieso keinen Bissen runter."

„Doch, Sie werden jetzt frühstücken, und wenn Sie mir den Kassenbon aus der Kantine gezeigt haben, können Sie Ihre Frau besuchen."

„Ich gehe nicht weg von ihr. Ich kann nichts essen."

Klara stimmte Dr. Larsens Rede sofort zu. „Komm, wir gehen zusammen in die Kantine. Du trinkst einen Kaffee und isst ein Brot. Ich brauche auch einen Tee."

„Ihre Frau braucht Sie, wenn sie aufwacht, und die meisten Menschen funktionieren viel besser, wenn sie etwas zu sich nehmen. Sie gehören ganz sicher auch dazu."

„Na schön." Rune drückte Dr. Larsens Hand, der müde nickte. Ein Lächeln huschte über sein Gesicht.

Obwohl es noch sehr früh am Morgen war, standen in der Cafeteria Patienten und Personal Schlange. Auch sie hatten die Nacht im Krankenhaus verbracht, schlurften abgekämpft und müde vorbei an den verlockenden Auslagen. Warum waren sie hier? Rune blickte zurück. Hinter ihm stellte ein junger Mann einen Kaffee auf sein Tablett. Er lächelte Rune an.

„Meine Frau wird mich erdolchen ..."

„Warum?" Rune wandte sich um und musterte ihn fragend.

„Sie hat heute Nacht Zwillinge geboren und braucht unbedingt eine Tasse Kaffee, damit sie keine Kopfschmerzen bekommt. Ich sollte mich beeilen, aber ich konnte es nicht sein lassen. Ich musste einfach einen kleinen Umweg zu meinen Knirpsen machen." Er stellte das Tablett hin und deutete mit den Händen die Größe der Babys an. „So groß sind sie. Einfach unvorstellbar. Und alles ist dran."

Trotz aller Müdigkeit musste Rune lächeln. Ja, er erinnerte sich so gut an dieses Gefühl, damals als Tina entbunden hatte. Das Krankenhaus barg seine glücklichsten und traurigsten Tage. Laurits im Arm zu halten, hatte ihn mit Stolz erfüllt. Der Winzling war ein Teil von ihm, und er dachte nicht einen Augenblick daran, wie sehr Laurits sich von anderen Neugeborenen unterschied. Er war sein Sohn, wunderschön, wenn auch zerknittert.

„Ihre ersten Kinder?"

„Ja, und gleich zwei auf einen Schlag."

Die Schlange bewegte sich nur schleppend voran. Rune schob sein Tablett mit Kaffee, ein belegtes Brötchen und Joghurt nach vorn und bezahlte. Normalerweise trank er nur Tee, aber nach dieser Nacht brauchte er etwas Stärkeres, einen pechschwarzen bitteren Kaffee. Am Tisch schaute er wieder auf die Uhr. Zwanzig Minuten, so viel Zeit war vergangen, seitdem er die Station verlassen hatte. Er musste sofort zurück. Nein, Dr. Larsen hatte recht. Für diese Tasse Kaffee musste er Zeit haben. Er zögerte einen Moment lang, nippte an dem heißen Getränk.

Es schmeckte tatsächlich gut. Müde umklammerte er die Tasse. Klara kam und setzte sich zu ihm, sie hatte sich einen Smoothie und einen Becher Tee geholt. Schwarze Schatten lagen wie Ringe unter ihren blauen Augen.

„Ich habe Angst", flüsterte er. „Was ist, wenn sie mich nicht will? Oder hasst, weil sie das Baby verloren hat?"

„Ich weiß, Rune; du musst daran glauben. Alles wird gut. Halt daran fest, auch für Liv." Sie umklammerte ihren Becher.

Rune starrte auf die makellos gepflegten Finger seiner Schwester. „Danke, dass du hier bist."

Klara lächelte zaghaft. „Das ist doch selbstverständlich. Wenn mein Lieblingsbruder mich braucht, komme ich sofort geflogen."

„Fahr nach Hause zu den anderen. Ich rufe an, wenn sich ihr Zustand verändert."

Piep. Rach. Piep. Rach. Piep. Rach. Das eintönige Geräusch der Maschine drang durch den Nebel ihres Gehirns. Sie wollte es nicht hören. Alles tat ihr weh. Sie presste die Augen fest zusammen.

„Ihre Frau … Fahren Sie nach Hause, Herr Madsen …"

Die Stimme kam von vorne. Madsen? Frau? Sie wollte ihre Augen öffnen, aber ihre Lider waren wie Schmirgelpapier. Sie blinzelte. Grelles Licht fraß sich in ihren Kopf. Ein Mann kauert vor ihrem Bett. Sie hatte Schmerzen. Kopfschmerzen. Benommen presste sie die Lider sofort wieder zu. Sie lag weich. Warm.

Wenn nur nicht diese wahnsinnigen Schmerzen wären. Jeder Knochen schien gebrochen zu sein. Sie versuchte sich zu bewegen. Aber er hielt sie fest. Ihr Bauch schmerzte, weinte. Was war mit dem Baby?

Was war passiert? Sie versuchte wieder die Augen zu öffnen. Die Tür war ins Schloss gefallen.

Das kalte Licht der Neonröhren im Krankenzimmer erinnerte ihn an eine Leichenhalle. Aber dies hier war die Intensivstation. Livs Wangen wirkten eingefallen, die Haut grau, wie abgestandener Milchbrei. Sie sah so fremd aus in der sterilen Umgebung, weit fort von dem Alltag, den sie in den letzten Tagen miteinander geteilt hatten. Er sah die grauenvolle Wunde an ihrem Kopf und musste sich abwenden. Er konnte den Anblick nicht ertragen.

„Liv?" Er nahm ihre Hand in seine, um ihr mit seiner Wärme Kraft zu schenken und streichelte sie. Dr. Larsen hatte gesagt, sie würde voraussichtlich im Laufe des Tages aufwachen. Ob sie sich an den Unfall erinnerte? Hatte sie ihn gesehen, als er vor ihr kniete, kurz bevor sie bewusstlos wurde? Wünschte sie sich, dass er bei ihr blieb, oder wollte sie lieber allein sein? Der Gedanke traf ihn wie ein Faustschlag, und er schwor sich, von jetzt an immer bei ihr zu bleiben, solange sie ihn brauchte und seine Nähe wollte.

Seit er ins Krankenhaus gekommen war, hatte er kein Auge zugemacht, aber er hatte seine Familie weggeschickt, damit sie schlafen konnten. Stunden krochen dahin, und Liv war immer noch bewusstlos. Bisher reagierte sie nicht. Erwiderte sie den Druck seiner Hand? Ganz leicht? Während er ihre Finger massierte, küsste er jede einzelne Kuppe.

„Bitte, gib mir ein Zeichen … Hörst du mich?"

Warum nur wachte sie nicht auf? Weshalb war sie von ihm weggelaufen? Was war bloß passiert?

Gott, bitte gib Liv das alte Leben zurück. Schon bei Laurits hatte er ihn angefleht, und er konnte nur hoffen, dass er ihn diesmal erhörte.

Langsam fielen seine Augen zu, eingelullt von den Geräuschen der Geräte, lehnte er sich vor und legte den Kopf an das Seitenteil des Krankenhausbettes. Er nickte ein, und wachte erst wieder auf, als der Geräuschpegel auf der Station stieg. Wagen mit dem Abendessen ratterten über den Flur, Geschirr schepperte, Besteck klirrte, Schuhe quietschen auf dem Linoleum, Stimmen schallten über den Gang.

„Herr Madsen, fahren Sie nach Hause. Wir rufen sie, wenn Ihre Frau aufwacht."

„Nein, ich bleibe hier. Meine Frau braucht mich."

„Soll ich Ihnen nicht wenigstens etwas zu essen bringen?"

„Gern, aber bitte nur eine Kleinigkeit."

„Ich komme, sobald ich die Patienten versorgt habe."

„Danke."

Er nahm wieder Livs Hand, streichelte und küsste sie. Wenn er wüsste, welche Lieder sie mochte. Da war es wieder. Als wenn sie seinen Druck erwiderte. Er täuschte sich, ganz sicher.

„Herr Madsen, Ihre Frau, soso …"

Rune schreckte auf und schaute zur Tür. Niemand war hereingekommen. Er musste geträumt haben. Die Stimme, das bildete er sich doch nicht ein. Hier im Raum hatte er sie gehört. Ganz sicher. Er täuschte sich nicht. Oder doch? Gaukelten seine Wünsche ihm

Halluzinationen vor? Liv lag im Bett, die Augen geschlossen, und sie lächelte.

„Liv?"

„Ja, ich bin hier." Ihre Aussprache war etwas undeutlich, eine Folge der Anästhesie.

„O mein Gott, du bist wirklich wach? Du bist …"

„Verheiratet?" Ihr amüsiertes Lächeln warf ihn fast um. Was würde er nicht dafür geben, noch einmal von vorn mit ihr anzufangen. Er bedeckte ihr Gesicht mit Küssen und sank vom Stuhl auf die Knie, um näher bei ihr sein zu können. Ein Wunder, zu schön um wahr zu sein. Vielleicht gab es Gott doch? Sie war aufgewacht, sprach, konnte sich bewegen und erkannte ihn. Er lachte und weinte vor Glück.

„Was ist mit dem Baby?" Sie blinzelte, ihre Augenlider bewegten sich träge. Mein Gott, er konnte ihr doch hier noch nicht die Wahrheit sagen.

„Du musst gesund werden. Alles wird gut", log er und fühlte sich elend. Er konnte nicht anders.

„Rune!" Ihre Finger krallten sich in die Bettdecke und wissende Angst erschien auf ihrem fahlen Gesicht. „Lüg mich nicht an. Ich ertrage viel, aber keine Lügen."

Verdammt, sie wusste es. Natürlich wusste sie es. Ihr Leben veränderte sich unwiderruflich, er wollte sie vor der neuen Wirklichkeit bewahren. Das war unmöglich.

„Ja, du hast das Baby verloren, aber du lebst." Er schluckte und hielt ihren Blick stand.

„Du verstehst nicht, was ich meine. Warum lebe ich, wenn mein Kind tot ist?" Sie drehte den Kopf zur Wand. Rune suchte nach den richtigen Worten. Gab es Worte, die ihren Schmerz lindern konnten? Wie konnte er ihr helfen? Die Wahrheit konnte er nicht beschönigen, aber er wollte für sie da sein.

„Willst du wissen, woran ich die ganze Zeit gedacht habe, während ich hier bei dir saß?"

Sie schwieg, lag reglos, den Kopf abgewandt.

„Ich hab die ganze Zeit an Laurits gedacht, damals als er geboren wurde. Wir würden nicht viel Zeit haben. Das wusste ich. Laurits in meinen Armen zu halten, hat mich unendlich viel Kraft gekostet, weil uns nicht mehr viel Zeit blieb. Trotzdem bin ich dankbar für diese Zeit, auch wenn es nur ein Tropfen war."

„Ich werde mein Kind niemals im Arm halten."

„Ja, ich weiß."

„Du weißt gar nichts."

„Liv, du hast dein Baby geliebt, und es hat dich froh gemacht, als es bei dir war."

„Ich fühle mich leer wie eine ausgehöhlte Nuss."

Wie gut kannte er dieses Gefühl! „Weißt du, an was ich auch gedacht habe?", fuhr er fort. Er musste die Verbindung zwischen ihnen festhalten. „All das, was wir zwei noch nicht zusammen getan haben. Wir haben noch nicht zusammen gesehen, wenn die Buchen ihre Blätter bekommen. Wir haben noch keinen gemeinsamen Alltag, sind weder Schlitten gefahren, noch haben wir im Meer gebadet. Ich will ein ganzes Leben mit dir, nicht nur diese wenigen Wintertage."

Liv ließ sich nicht anmerken, ob sie ihn hörte oder nicht. Sie lag reglos wie ein Stein im Bett. Ob sie ihm überhaupt zuhörte?

„Wir haben ein ganzes Leben vor uns, Liv. Wir können machen, was wir wollen, und wir werden Fehler machen, so wie alle. Wir werden uns abmühen und trotzdem immer wieder die perfekte Freude empfinden. Wir werden uns streiten und versöhnen und uns fühlen wie die glücklichsten Menschen. Nur aus dem einem Grund: weil wir uns haben. Und vielleicht bekommen wir irgendwann auch Kinder, aber das Wichtigste ist erstmal, dass du lebst! Ich darf dich lieben und vielleicht liebst du mich auch. Das allein zählt."

Immer noch bewegungslos lag sie dort. Möglicherweise war sie auch wieder eingenickt, schwach und abgekämpft nach dieser Aufregung. Ihre Schultern zuckten, als wenn sie von Tränen geschüttelt würde. Sie drehte den Kopf zu ihm.

„Glaubst du wirklich, was du gerade gesagt hast?"

Er beugte sich näher zu ihr und küsste sie. „Jedes Wort."

15. Januar

Sie wog nur einen Bruchteil dessen, was sie vor dem Unfall gewogen hatte. Mit den wachsenden Stoppelhaaren wirkte sie fast wie eine alte Frau, aber das war ihm egal. Er sah sie sofort, als sie aus dem Aufzug trat. Für ihn war sie der schönste Mensch, der sich auf dieser Erdkugel bewegte. Und er liebte sie so sehr, dass sein Herz zitterte. Sie stand in der Eingangshalle und suchten nach ihm. Ihre Augen schweiften hin und her, und er winkte und rannte zu ihr.

„Da bin ich." Endlich hielt er sie wieder in den Armen.

„Lass uns gehen. Drei Wochen hier sind drei Wochen zu viel. Weihnachten ist schon vorbei."

„Aber nicht für uns. Wir werden noch zusammen Weihnachten feiern."

Zuhause angekommen, spendete der frisch geschlagene Christbaum im Wohnzimmer warmes Licht, das sich in den Glaskugeln brach und millionenfach schimmerte. Er hob sie hoch und trug sie auf die Kissen vor dem Kamin, während Mistel begeistert kläffte und umher sprang. Che strich um ihre Beine. Die nächsten

Stunden fütterte er Liv mit Snacks aus dem Kühlschrank und mit seiner Liebe.

„Bleib hier bei mir, Liv."

Sie schüttelte den Kopf. „Ich schlüpfe nicht sofort wieder in ein gemachtes Nest."

„Gerade jetzt solltest du lieber nicht allein sein. Hier habe ich genug Platz."

„Gib mir einfach Zeit."

Er strich die Tränen, die über ihre Wange rollten, weg. „Hat es damit zu tun, warum du damals weggelaufen bist?"

„Ich war dumm, hatte eine Panikattacke. Meine Angst hat mich eingeholt. Wenn ich mich in dir getäuscht hätte? So wie damals mit Martin?"

„Warum das denn? Was habe ich gesagt? Oder getan?"

„Du hast nichts falsch gemacht. Dina stand beim Abfallcontainer und sagte, du benutzt mich nur. Da kam alles wieder hoch, die Geschichte mit meiner Mutter, Martin …"

„Dina? Was hat sie genau gesagt?"

„Es ist egal, was sie gesagt hat. Jetzt weiß ich, was ich will."

„Was willst du? Du weißt, ich liebe dich."

„Du weißt, ich liebe dich." Hier stand der Mann vor ihr, in dem sie sich vor Weihnachten Hals über Kopf verliebt hatte, und er sagte ihr Sachen, die ihr Herz zum Leuchten brachten.

„Es ist viel zu früh, um eine Entscheidung zu treffen, Rune."

134

„Wenn du noch nicht bereit bist, warte ich, bis ich alt und tatterig bin."

„So lange wirst du nicht warten müssen. Ich brauche Zeit für mich. Ich muss allein sein, und mich an das neue Leben gewöhnen, auch an die Einsamkeit, nun, wo ich nicht mehr schwanger bin. Nächste Woche suche ich mir eine Wohnung."

„Willst du nicht bei Klara in der Mansarde wohnen? Ich habe schon mit ihr gesprochen, und sie will gern an dich vermieten."

„Ich schau mir die Wohnung an, aber nur, wenn ich selbst entscheiden darf, ob ich dort einziehen will."

Runes Blick verfinsterte sich.

„Bitte, ich brauche mein eigenes Leben, bevor ich es wieder jemanden anvertraue. Zuallererst muss ich von Martin loskommen, bevor ich mich neu an jemanden binde. Ich muss auch über den Verlust meines Babys hinwegkommen. Das braucht Zeit, und das muss ich ohne dich schaffen."

„Ich da bin, wenn du mich brauchst. Nicht vergessen, okay?"

„Gut zu wissen, Rune. Danke." Sie schauten in die züngelnden Flammen im Kamin. Holzscheite knackten und Funken stoben.

„Wenn du all das gemacht hast, heiratest du mich?"

Rune heiraten? Den Rest ihres Lebens hier mit ihm in seinem Haus verbringen? Ein Teil von ihr schrie stumm ‚Ja, ich will', aber ihr gesunder Menschenverstand dämpfte ihre Freude.

„Ich ..."

Er umklammerte sie bei den Schultern. „Liebst du mich?"

O Gott ja, natürlich liebte sie ihn. Mehr als alles auf der Welt. Dass sie das noch mal erleben würde, unglaublich.

„Hallo, Schneefrau, ich hab mein Weihnachtsgeschenk noch nicht bekommen." Er nahm ihr Gesicht in beide Hände und küsste sie. „Also komm, Liv, was sagst du?"

Sie zögerte, und er hielt ihrem Blick stand. „Grüble nicht so viel. Du musst nur deinem Herzen folgen. Wenn du mich wirklich nicht willst, lasse ich die Hände von dir."

„Ich will dich doch! Wir heiraten, wenn ich die perfekte Hochzeitstorte gebacken habe. Vorher muss ich noch ein paar Probekreationen machen."

21.Dezember
Ein Jahr später

Liv sah in den Backofen und überprüfte die Cupcakes. Die Cremefüllung stand im Kühlschrank. Mistel schnarchte im Hundekorb unter dem Fenster. Rune hatte ihr den Welpen zum Einzug geschenkt, und Mistel, kuschelig und warm, half ihr immer noch über den Verlust des Babys hinweg.

Nach der Rehabilitation war sie in die kleine Mansarde über dem Teesalon *Teatime* eingezogen. Jeden Tag ging sie noch vor Morgengrauen hinunter in die Küche der Teestube und backte – Plätzchen, Kuchen, Cupcakes, Konfekt. Die Kunden konnten nicht genug von ihren Delikatessen bekommen. Klara ließ ihr viel Freiraum, und fragte immer wieder besorgt, ob sie nicht eine Pause brauche.

„Ich bin nicht mehr krank", wehrte Liv gewöhnlich ab.

„Rune reißt mir den Kopf ab, wenn ich nicht gut auf dich aufpasse."

Letzten Monat hatte Klara ihr sogar die Teilhabe am Laden angeboten. Die Umsätze stiegen, nicht nur wegen der Atmosphäre und den ausgesuchten Tees, sondern auch wegen Livs Ingwerplätzchen und Nougatkugeln. Klara erkannte das sofort, und sie wusste, dass sie ein perfektes Team waren. Nächsten Monat würde Liv als Teilhaberin einsteigen.

Sie hatte ihren eigenen Rhythmus gefunden, ein ruhiges und einfaches Leben, und sie war glücklich. Sie fühlte sich in ihrem neuen Leben sicher, auch vor Martin, der sie, nachdem sie Anzeige erstattet hatte, nicht mehr belästigte. Die Wochenenden verbrachte sie zusammen mit Rune, der sie immer noch umwarb.

Heute vor genau zwölf Monaten hatte sie ein neues Leben geschenkt bekommen. Wenn das kein Grund zum Feiern war, was dann?

Gestern hatte die Familie wieder Sofies Geburtstag gefeiert, und wieder hatte sie die Hoffnung in Runes Augen gesehen, dass sie endlich seinen Antrag annehmen würde. Sie wollte keinen Heiratsantrag vor laufender Kamera, wo der ganze Clan um sie herumstand. Noch weniger wollte sie an Sofies Fest im Mittelpunkt stehen und der Hauptperson des Tages die Show stehlen.

Heute, wenn Rune käme, würde sie es ihm sagen. Lächelnd strich sie sich über ihren Bauch. Er würde sie im Doppelpack bekommen. Und diesmal würde sie Ja sagen.

Sie hatte ihn gebeten, mit ihm zum Grab ihres Kindes zu gehen, und er fühlte sich etwas unbehaglich. Sie hatten damals die sterblichen Überreste des Kindes in Laurits Grab beigesetzt. Aber er kam nicht gerne auf den

Friedhof. Laurits war nicht hier. Liv dagegen besuchte das Grab regelmäßig, fand Trost dort, sprach mit ihrem Kind.

Es war kalt, letzte Schneereste schmolzen auf dem Kiesweg. Ein eisiger Wind zerzauste seine Haare. Als Liv neben ihm fröstelte, legte er den Arm um sie. Vor dem Grab sprach sie ein Gebet, still, und dann legte sie einen Strauß aus Wacholderzweigen auf die Erde.

„Weißt du, wofür die stehen?"

Er schüttelte den Kopf.

„Wacholder symbolisiert das ewige Leben. Oder das neue Leben. Und meine Dankbarkeit."

Er spürte, dass er nichts sagen musste, nur zuhören. Also schwieg er, stopfte die Hände noch tiefer in die Tasche. Tränenblind sah er, wie sie eine neue Kerze anzündete. Als es ihr nicht gleich gelingen wollte, den Docht zu entzünden, legte er wortlos seine Hand über ihre zitternden Finger, entzündete die Kerze und stellte sie in das Glas. Er richtete sich auf.

„Ich kann noch immer nicht glauben, dass wir keine gemeinsame Zeit bekommen haben. Aber die Kleine hat mir ein Geschenk gemacht."

Er fuhr sich mit der Hand über das Gesicht, müde und erschöpft von der Arbeit der vergangenen Woche.

„Ach Liv, meinst du nicht, dass Laurits auf dein Mädchen aufpasst?" Er wusste selbst nicht, wie ihm die Worte in den Mund gerutscht waren.

Sie nickte dankbar. „Ja, das glaube ich auch. Sie sind nicht umsonst in unser Leben getreten und gestorben. Ein Teil von ihnen wird immer in uns weiterleben."

„Ja, in diesem Gedanken liegt etwas Tröstliches." Dann verschwamm seine Sicht erneut. „Er fehlt mir so!",

139

flüsterte er gegen den Wind. „So wie dir dein Baby fehlt. Aber wir haben einander."

Liv schaute ihn mit einem Ausdruck an, den er nicht richtig deuten konnte. Dann blickte sie auf das Grab vor ihr, die roten Beeren, das flackernde Licht.

Rune spürte, wie sich der Knoten in ihm löste und er freier atmen konnte. Er sah in den Himmel, in die Ferne. „Ich wünsche den beiden, dass sie glücklich sind. Wo immer sie auch sein mögen."

Bei aller Trauer füllte Zuversicht sein Herz. Das Blau über ihnen hatte sich rot verfärbt. Ein Windstoß wirbelte den Schnee auf und fuhr kalt unter seinen Anorak.

„Ich denke, dass wollen sie auch für uns."

„Was?"

„Dass wir glücklich sind, Rune, und deswegen haben sie uns ein Geschenk gemacht."

Er fröstelte, sehnte sich plötzlich nach Leben, nach Wärme, nach seinem Kind.

„Was meinst du: Soll ich jetzt unsere Hochzeitstorte backen?"

Das Leben sprudelte in ihm, er lachte und zog sie an sich. „Willst du mich heiraten, Liv? Willst du das wirklich?"

„Ja, und diesmal bekommst du mich im Doppelpack."

„Sie haben uns ein Geschwisterchen geschickt?"

„Genau. Wir sind jetzt eine richtige Familie."

Er schenkte ihr ein Lächeln, schlang die Arme um sie und küsste sie. Dann reichte er ihr die Hand.

„Komm, lass uns nach Hause gehen."

Nach Hause. Endlich.

Rezepte zur dänischen Weihnacht

Am 24. 12., dem Heiligen Abend, essen viele dänische Familien eine Weihnachtsente (oder Gans). Dazu reicht man Rotkohl, gekochte und karamellisierte Kartoffeln und natürlich die braune Sauce. Hier geht's lang zur dänischen Weihnacht.

Dänische Weihnachtsente (Juleand)

Zutaten für 6 – 7 Personen:
- 1 frische Ente
- ½ Apfel pro Person
- 6 Backpflaumen pro Person
- 1 großer Thymianzweig und/oder Lorbeerblätter
- Baumwollschnur und Nadel

So wird's gemacht:
Säubern Sie die Ente von innen und entfernen Sie außen die Flügelenden. Vermischen Sie die Backpflaumen mit den geschälten, in kleine Stücke geschnittenen Äpfeln. Geben Sie den vom Zweig abgestreiften Thymian, Lorbeerblätter, Salz und Pfeffer hinzu und stopfen Sie die Ente damit. Nähen Sie den Braten mit einer Baumwollschnur zu. Die Schenkel werden so zusammengebunden, dass sie dicht an der Brust liegen und diese schützen.

Reiben Sie die Ente mit grobem Salz ein, und legen Sie sie auf einen Rost über einem mit ca. ½ l Wasser gefüllten Backblech. Schieben Sie beides in den Backofen. Wenn die Ente in den Ofen kommt, sollte sie Zimmertemperatur haben.

Berechnen Sie bei ca. 160°C 50−60 Minuten pro Kilo. Wenden Sie die Ente alle halbe Stunde, und gießen Sie etwas Bratfett über sie. Solange die Ente im Ofen brät, sollte immer etwas Wasser im Backblech sein, damit das Entenfett nicht anbrennt.

Erhitzen Sie gegen Ende den Ofen auf 200 Grad, und braten Sie die Ente weiter, bis die Haut goldbraun ist.

Der Braten ist fertig, wenn Sie den Schenkel anstechen und heller Saft herausfließt. Lassen Sie die Ente noch 15−30 Minuten ruhen, ehe Sie sie zerlegen.

Sie können dieses Rezept natürlich auch für eine Weihnachtsgans oder einen Truthahn nutzen.

Zur Ente serviert man in Dänemark Rotkohl, gekochte und karamellisierte Kartoffeln und die gute braune Sauce, genannt „brun sovs".

Dänischer Rotkohl

Zutaten für 6–8 Personen:
- 1 kg Rotkohl
- 3 TL Öl
- 100 ml Essig
- 50 g Zucker
- 100–200 ml süßer Johannisbeer- oder Apfelsaft
- eventuell etwas Schmalz

So wird's gemacht:
Schneiden Sie den Rotkohl fein, und geben Sie den geschnittenen Kohl mit Öl, Essig, einer Prise Salz und ca. der Hälfte des Saftes in einen Topf hinein. Kochen Sie alles bei schwacher Hitze ca. 45 Minuten. Am Ende geben Sie den Rest des Safts und den Zucker hinzu. Runden Sie den Geschmack durch die Zugabe von etwas Schmalz (Gans, Ente oder Schweineschmalz) ab.

Braune Sauce (brun sovs)

Zutaten:
- Bratenfett und Bratenfond
- Kräuter und Gewürze Ihrer Wahl
- Mehl
- Rotwein

So wird's gemacht:
Geben Sie Bratenfett (von der Gans, Ente oder dem Truthahn) und Bratenfond durch ein Sieb. Nehmen Sie das
Fett ab und geben Sie den Fond in einen Topf. Das rest-
liche Bratenfett können Sie für den Rotkohl nutzen.
Geben Sie Kräuter und Gewürze in den Bratensaft und
erwärmen Sie alles langsam. Rühren Sie Mehl hinzu.
Schmecken Sie abschließend mit Salz, Pfeffer und Rotwein ab.

Karamellisierte Kartoffeln (Sukkerkartofler)

Zutaten für 6–8 Personen:
- 1 kg kleine runde Kartoffeln
- 150 g Zucker
- 50 g Butter
- Salz

So wird's gemacht:
Kochen Sie die Kartoffeln mit Schale ca. 10 Minuten im Salzwasser. Lassen Sie sie ziehen. Die Kartoffeln sollten jedoch noch fest sein, wenn Sie sie pellen. Schmelzen Sie den Zucker bei niedriger Hitze in einer Pfanne. Nachdem der Zucker karamellisiert ist, geben Sie ein Stück Butter und eventuell noch ein wenig Wasser hinzu.

Wenden Sie die Kartoffeln in der Pfanne, bis sie gleichmäßig karamellisiert sind, und servieren Sie sie zur Ente und Rotkohl. Lecker! Viel Spaß beim Nachkochen! Bitte geben Sie sofort heißes Wasser in die leere Pfanne – das erleichtert den Abwasch.

Mandelreis (risalamande)

Der dänische Weihnachtsnachtisch schlechthin! Derjenige, der die Mandel im Pudding findet, bekommt noch ein Geschenk.

Zutaten:
- 125 ml Milchreis
- ½ l Milch
- Vanilleschote
- 50 g gehackte Mandeln
- 2 EL Zucker
- 4 ml geschlagene Sahne
- 1 ganze Mandel
- Evt. Soße: 1 Glas Kirschsoße

So wird's gemacht:
Kochen Sie den Milchreis mit der Vanilleschote in der Milch bei schwacher Hitze ca. 50 Minuten und rühren Sie um, damit es nicht anbrennt. Rühren Sie Zucker und gehackte Mandeln in den Brei ein, und kühlen Sie alles ab. Heben Sie die geschlagene Sahne unter den kalten Nachtisch und verstecken Sie eine ganze Mandel darin.

Viele Familien servieren den Risalamande mit heißer Kirschsoße. Mir schmeckt er auch so vorzüglich.

Derjenige, der die ganze Mandel findet, bekommt ein Mandelgeschenk – Schokolade oder eine andere Kleinigkeit.

Dänisches Weihnachtsgebäck

Ohne Kuchen, Nougat, Marzipan und Plätzchen gibt es hier in Dänemark kein Weihnachten. Entdecke Rezepte aus Livs Weihnachtsbäckerei.

Livs Pfeffernüsse (pebernødder)

Dieses Rezept reicht für ca. 110 Pfeffernüsse.

Zutaten:
- 375 g Butter
- 400 g Zucker
- 3 Eier
- 850 g Mehl
- 2 TL Kardamome
- 2 TL Zimt
- ½ TL Ingwer
- ½ TL Nelken
- 2 TL Natron
- 3 Messerspitzen weißen Pfeffer.

So wird's gemacht:
Rühren Sie Butter und Zucker zusammen bis die Masse luftig weich ist. Rühren Sie die Eier unter und geben das Mehl löffelweise dazu. Zuletzt mischen Sie die Gewürze

und das Natron in den Teig, und alles wird mit der Buttercreme vermischt.

Kneten Sie den Teig gut durch und rollen Sie auf einer bemehlten Arbeitsfläche fingerdicke Würste, die sie in kleine Taler schneiden, die zu Kugeln gerollt werden. Diese Kugeln gehen beim Backen auf. Backen Sie sie bei 200 Grad im Ofen ca. 10–12 Minuten.

Finnisches Brot (Finsk brød)

Auch wenn der Name etwas anderes sagt, ist dies kein Brot, sondern es handelt sich um leckere und sehr leicht zu backene Plätzchen.

Zutaten:
- 250 g Butter
- 90 g Zucker
- 375 g Mehl
- 1 Ei
- 1 EL kaltes Wasser
- Zucker
- gehackte Mandeln

So wird's gemacht:
Erhitzen Sie den Ofen auf 200 Grad. Kneten Sie die Butter, das Mehl und den Zucker zu einem gleichmäßigen Teig. Formen Sie vier fingerdicke Rollen, die Sie mit einem Brett auf das Blech drücken. Sie müssten 3–4 cm breit sein. Verrühren Sie Ei und Wasser und bestreichen Sie die Rollen damit. Zum Schluss dekorieren sie alles mit Zucker und Mandeln. Schneiden Sie die Rollen in ca. 1 cm breite Stücke und backen Sie das Finnische Brot ca. 10–12 Minuten.

Braune Kuchen (brune kager)

Zutaten:
- 250 g Margarine
- 200 g Zucker
- 300 g Sirup
- 2 TL Natron
- 2 EL kaltes Wasser
- 500 g Weizenmehl
- Sukkade und Mandeln nach Geschmack

So wird's gemacht:
Erwärmen Sie Margarine, Zucker und Sirup in einem Topf und lassen Sie alles abkühlen. Geben Sie in die lauwarme Masse Natron und Wasser. Vermischen Sie alle Zutaten und Gewürze, die Sukkade und die Mandeln und kneten Sie es mit dem Mehl gut durch.

Schneiden Sie den Teig in dünne Scheiben und backen Sie ihn bei 200 Grad ca. 5–6 Minuten.

(Im Kühlschrank hält sich das Gebäck ca. 6 Wochen)

25 dänische Krapfen (æbleskiver)

Zutaten:
- 250 g Mehl
- ½ EL Zucker
- ½ TL Salz
- 1 TL Natron
- 2 Eier
- ca. 4 ml Buttermilch

So wird's gemacht:
Vermischen Sie Mehl, Salz, Zucker und Natron. Rühren Sie die Eier und die Buttermilch in den Teig, bis er glatt ist. Geben Sie ein wenig Palmin in die Spezialpfanne (mit sechs Vertiefungen). Wenn das Fett geschmolzen ist, kommt in jedes Loch ein wenig Teig.

Sobald der Krapfen auf der einen Seite gebräunt ist, wird er mit einer Stricknadel o.ä. gewendet. Heiß mit Puderzucker und Marmelade servieren.

Marzipankonfekt

Viele Familien stellen in der Adventszeit Weihnachtskonfekt her. Dabei wird viel Marzipan verwendet.

Zutaten:
- 300 g Marzipanrohmasse (z.B. Odense Konfekt Marzipan) und die Zutaten für die Füllungen:
- 200 g Nougatmasse
- 100 g getrocknete Feigen
- Honig
- evtl. noch 600 g Marzipanrohmasse
- Rosinen
- Rum
- 100 g getrocknete Aprikosen.

Bereiten Sie gleichzeitig verschiedene Füllungen vor:
- Für die 1. Füllung: 200 g Nougatmasse.
- Für die 2. Füllung: 100 g getrocknete Feigen, 50 g Honig und 200 g Marzipanrohmasse.
- Für die 3. Füllung: 2 EL Rum, 100 g Rosinen und 200 g Marzipanrohmasse.
- Für die 3. Füllung: 100 g getrocknete Aprikosen, 50 g Honig und 200 g Marzipanrohmasse.

So wird's gemacht:
Rollen Sie 300 g Marzipanrohmasse zwischen zwei Blättern Backpapier hauchdünn zu einem Quadrat aus.

Das Quadrat wird in zwei Stücke geteilt und die gewünschte Füllung auf dem einen Stück verteilt. Der andere Teil wird darauf gelegt und leicht angedrückt. Schneiden sie das Konfekt in mundgerechte Stücke.

(Quelle: Odense-marcipan.dk)

Dänischer Glühwein (Gløgg)

In der Adventszeit und an kalten Winterabenden trinkt man in Dänemark oft Glögg. So stellen Sie selbst ihren dänischen Glögg her.

Zutaten:
- 1 Flasche Rotwein
- 3 dünne Streifen gelbe Zitronenschale
- 3 ganze Stücke Kardamom
- 3 ganze Nelken
- 1 kleines Stück Ingwer
- 4 cm Zimtstange
- 1–2 ml Rosinen
- 50 g enthäutete, gehackte Mandeln
- 1–2 ml Portwein

So wird's gemacht:
Gießen Sie 1½ ml Rotwein mit der Zitronenschale und den Gewürzen in einen Topf. Erwärmen Sie alles bis zum Siedepunkt. Lassen Sie es zehn Minuten stehen, ohne dass es kocht. Sieben Sie alles und erwärmen es noch einmal mit dem restlichen Rotwein, Rosinen und Mandeln bis zum Siedepunkt. Geben Sie den Portwein hinzu und genießen Sie Ihren Glögg sofort!

Runes Spinatsalat mit Fetakäse, Parmaschinken und Granatapfel

Zutaten für 2 Personen:
- 125 g Babyspinat
- 60 g Rucola
- 70 g Parmaschinken
- 1 ml Granatapfelkerne
- 50 g Ziegenkäse (Feta oder eine Alternative)
- eine Handvoll gesalzene Mandeln
- Pfeffer aus der Pfeffermühle
- Salz

Dressing:
- 3 El Olivenöl
- 2 El Apfelessig
- 1 Tl Honig
- 1 Tl Dijon Senf

So wird's gemacht:
Braten Sie den Parmaschinken in einer Pfanne mit Olivenöl leicht an oder bräunen Sie ihn im Backofen auf Backpapier bei 175 Grad (ca. 10–12 Minuten).

Bereiten Sie das Dressing vor, waschen Sie die Salate und wenden Sie diese im Dressing. Legen Sie den Salat auf eine Platte und dekorieren Sie dann alles mit dem Feta, den Granatapfelkernen, dem Schinken und die grob gehackten Mandeln. Schmecken Sie mit Pfeffer und Salz ab.

Tipp:
Im Sommer können die Granatapfelkerne auch durch Himbeeren, Blaubeeren, Erdbeeren, Brombeeren, Feigen oder Pfirsiche ersetzt werden.

Runes Gemüsetopf mit Kichererbsen

Zutaten:
- 1 EL Olivenöl
- 1 rote Zwiebel, gewürfelt
- 2 Knoblauchzehen

Zerstoßene Gewürze:
- 2 Tl Spitzkümmel
- 1 Tl Koriander
- 1 Tl Kardamom
- 1 Tl Ingwer
- ½ Tl Cayennepfeffer
- 1 Tl Zimt

- ½ Butternut Kürbis, gewürfelt (oder 400 g Süßkartoffeln oder ein anderer Kürbis)
- 4 Möhren (gewürfelt)
- 2 Dosen gehackte Tomaten
- eine gewürfelte Zucchini
- 1 Brokkoli
- 2 ml Kichererbsen (am Abend vorher einweichen und kochen, oder gefrorene)

So wird's gemacht:

Zwiebel, Knoblauch und alle Gewürze kommen in eine Pfanne und werden erwärmt. Rühren Sie vorsichtig um, bis es gut duftet und die Zwiebeln glasig werden.

Geben Sie den Butternutkürbis dazu, die Möhren, Tomaten ebenso und bedecken Sie das Gemüse mit Wasser. Lassen Sie es unter dem Deckel leise köcheln, ca. 10 Minuten. Dann geben Sie den Brokkoli und die Zucchini dazu; zehn Minuten später geben Sie die Kichererbsen dazu. Nach ca. 3 Minuten sollte alles gut durchgewärmt sein.

Servieren Sie das Pfannengemüse in tiefen Tellern mit Crème Fraîche. Evtl. können Sie Reis dazu servieren.

Noch mehr von Ann-Kristin Vinterberg

Lied des Lebens

Als Nora die Wohnung ihrer Mutter auflöst, findet sie Briefe eines Unbekannten. Warum hat ihre Mutter die Briefe behalten? Könnte es sein, dass sie nun endlich das Rätsel um die Identität ihres Vaters lösen kann?

Nora reist kurzentschlossen nach Dänemark. Doch dort findet sie den Jazzmusiker Jonathan, der ihr Leben und ihre Pläne durcheinanderbringt …

Ann-Kristin Vinterberg hat einen überaus berührenden Roman über die Liebe geschrieben; er handelt von Vergebung, vom Lieben und Loslassen und der Aussöhnung mit der eigenen Vergangenheit. Nordisch herb und mit leisen Tönen.

Das sagen die Leser:
Die Autorin hat einen flüssigen Erzählstil, kommt ohne allzu viele Schnörkel aus und erzählt eine wunderschöne Liebesgeschichte, die gleichzeitig eine Art Spurensuche ist. Vor allem sprachlich hat sie's drauf. Ihre Dialoge sind aus dem Leben gegriffen, ihre Figuren sympathisch und greifbar.

Ann-Kristin Vinterbergs „Lied des Lebens" präsentiert sich als leichter, unterhaltsamer Roman, der sich entspannt weglesen lässt und dennoch hier und da tiefgründigen Fragen nachspürt. Vor allem geht es immer wieder um die Suche nach der eigenen Herkunft und damit auch Identität, aber auch um das Thema, inwieweit man sich von der Vergangenheit bestimmen lassen darf. Die Antworten, die die Autorin hier bietet, sind sehr optimistisch und lebensbejahend.

Leseprobe „Lied des Lebens"

1

Donnerstag, 15. Juni 2017
New York

„Eine weite Reise liegt vor Ihnen."

Nora lauschte der Wahrsagerin, die mit dem Finger Noras Lebenslinie nachzeichnete. So wie sie mit zusammengekniffenen Augen vor ihr hockte, ganz versunken in ihrer eigenen Welt, erinnerte sie Nora an einen Forscher, der mystische Zeichen entziffert. Genauso fremdartig war ihr Name. Miranda. Das stand zumindest auf dem Schild vor der Tür. Ein Name, wie geschaffen für eine Hellseherin. Offensichtlich war sie nicht zufrieden mit dem, was sie in Noras Handteller entdeckte, denn sie hob den Kopf und strich sich die Haare aus der Stirn. Dann schnalzte sie mit der Zunge.

„Vor Ihnen liegt ein Weg, der nicht immer einfach sein wird. Folgen Sie ihm bis zum Ende, dann erreichen sie ihr Ziel. Schritt für Schritt …"

Boah, diese Pseudowahrheiten! Sie erinnerten Nora nur zu sehr an den einstudierten Text eines Marktschreiers. Ob Miranda immer die gleichen Plattitüden von sich gab? Sie machte doch auch nur ihren Job wie alle anderen. Nora hatte sich mehr erhofft. Zumindest ein paar konkrete Antworten oder klitzekleine Hinweise, wie es jetzt weitergehen sollte. Mom war tot und sie ihren Job los.

Miranda hatte wirklich für jedes erdenkliche Klischee gesorgt. An ihren Ohren baumelten riesige Klunker. Sogar die Kristallkugel lag auf dem Tisch, auch wenn Miranda die nicht einmal angeschaut hatte. Wahrscheinlich sollte dieser Dekogegenstand sowieso nur die Erwartungen der Klienten erfüllen. Nur Mirandas Haar entsprach nicht dem einer Zigeunerin. Weißblond war es, schimmerte hell wie der arktische Sommer.

„Sie glauben, Ihre Mutter hätte Sie verraten", raunte Miranda weiter. Nora stieß die Luft aus. Sollte sie jetzt nicht lieber abhauen? Wie konnte es sich die Frau so leicht machen? Gab es überhaupt einen Menschen, der sich von seinen Eltern verstanden fühlte? Sie kannte niemanden.

Na gut, sie hatte ihr Geld hier verplempert, und deshalb würde sie sich auch den Rest anhören. Vielleicht kam der Clou, die Offenbarung des Tages, zum Schluss. Als abschließendes Crescendo. Sehr viel Zeit hatte Miranda sicher nicht mehr für sie übrig. Was hatte sie eigentlich erwartet? Eine Antwort auf ihre brennendste Frage? Ein Tipp, wie sie die nächste Miete bezahlen sollte? Hinausgeschmissenes Geld. Davon hatte sie weiß

Gott nicht genug, seitdem ihr Vertrag im „Louis" abgelaufen war. Einen Bühnenvertrag hatte sie auch noch nicht.

Jetzt hielt die Frau inne, riss die Augen auf und starrte fasziniert auf Noras Handflächen. Konnte sie wirklich etwas in ihnen entziffern? Miranda drückte die Hand, als wollte sie eine Zitrone auspressen, kniff die Augen zusammen. Sachte schaukelte sie hin und her. Suchte sie nach einem guten Stichwort für ihre Lügengeschichte?

„Sie suchen Ihren Dad", flüsterte Miranda schließlich.

Nora schluckte die Grütze unter, die sich in ihrem Hals bereitmachte. Jetzt wurde es interessant. Wusste Miranda etwas über ihren Dad? Mehr als das Übliche? Er war ein Jazzmusiker gewesen und ausgestattet mit einer Stimme, so göttlich, dass Mom ihr Höschen fallen gelassen hatte.

Miranda starrte noch immer auf Noras Handteller. Ihre Stimme veränderte sich, wurde tiefer. Fast schien es, als käme sie von weit her.

„Das Geheimnis um Ihren Dad wird Sie mit anderen Menschen zusammenketten. Für immer. Noch heute werden Sie …"

„Mein Dad hat geheiratet? Hab ich Geschwister?" Schön wär's. Dann wäre sie nicht mehr ganz allein auf der Welt.

Miranda ließ Noras Hand los. Ihr Blick war verschleiert. „Ich kann Ihnen nichts mehr sagen. Gute Reise."

Nora erhob sich. Sie spürte jeden Knochen, so sehr hatte sie sich unter der Sitzung angespannt. Steifbeinig stakste sie zur Tür. Als sie die wackeligen Stufen herunterkletterte, schwappten die Geräusche der Kirmes über sie wie eine Riesenwelle. Dosenbeschallung, kreischende

Menschen, feilbietende Losbudenverkäufer. Ihre Hand wanderte in die Jackentasche. Dort ertasteten ihre Finger die zackigen Kanten der Briefmarke. Wenn sie Miranda doch glauben könnte! Das war doch nur Show gewesen. Ein Schuss ins Blaue! Aber woher wusste sie das mit ihrem Vater?

„Lose, drei für zwei Dollar, eines für einen … Nutzen Sie die Chance Ihres Lebens. Bei uns gewinnen Sie immer, wir haben keine Nieten. Keine Nieten. Nur Gewinne. Kaufen Sie Lose!"

Der Losverkäufer, ein drahtiger Kerl mit vorstehenden Zähnen und Frettchenaugen, baute sich vor ihr auf. „Wie viel ist Ihnen Ihr Glück wert, Schätzchen?"

„Das Schätzchen können Sie sich für jemand anderes aufsparen. Das, was ich brauche, kann man nicht kaufen."

„Jaja, die wichtigen Dinge sind gratis. Versuchen Sie trotzdem ihr Glück. Ich sag Ihnen, bei uns gewinnen Sie immer."

„Gut möglich, aber ich brauche keine Plüschbären zum Schmusen." Nora zeigte auf die in ordentlichen Reihen aufgestapelten Gewinne. An der hinteren Wand des Schauwagens tummelten sich Bären in allen Größen und Farben. Ein Paddington mit Koffer und Hut war auch dabei.

„Und was ist mit den anderen Prämien?"

„Bei meinen Kochkünsten helfen auch keine Küchenmaschinen."

Der Verkäufer beugte sich so weit vor, dass sie seinen Atem riechen konnte. Minze. Er kaute Kaugummi. Sanft öffnete er ihre Hand, drückte ihr ein Los in die Faust und schloss die Finger um das Papier. „Das ist ein exklusives Los, nur für Sie."

„Aber …"

„Das geht aufs Haus. Ich hab so ein Gefühl, dass Sie es brauchen."

„Ach nee! Und warum?"

„Wollen Sie das wirklich wissen? Echt?"

„Klar."

„Sie sehen so verlassen aus, als wenn es niemanden mehr gibt, der Sie hält. Als Sie eben aus Mirandas Wagen kamen, waren Sie weiß wie Neuschnee. Egal, was Sie jetzt glauben, aber Miranda weiß genau, worüber sie redet. Warten Sie es nur ab."

„Sie hat mir das Übliche verklickert. Eine Reise, Geheimnisse und den Hauptgewinn …"

„Einen Gewinn? Dann ist das Los vielleicht ein Anfang. Na, machen Sie es schon auf."

„Natürlich, ich gewinne einen Teddy, der mich tröstet." Sie lachte nervös und öffnete die Hand. Ein Papierröllchen, blassrosa, wie ein winziger Samen. Ein Band hielt das Los zusammen. So wie es jetzt noch alle Wünsche und Träume zusammenhielt. Was würde passieren, wenn sie das Röllchen öffnete? Würde sie wirklich etwas gewinnen? War dann der Zauber weg? Oder ging es danach erst richtig los? Das hier war doch alles Quatsch! Trotzdem flatterte ihr Herz vor Aufregung wie ein wild mit den Flügeln schlagender Kolibri. Was wäre, wenn heute etwas ganz Verrücktes passieren würde?

„Nun machen Sie schon. Ich kann nicht den ganzen Abend hier herumstehen. Zeigen Sie mir, was Sie gewonnen haben."

Witzig. Er glaubte wirklich, dass sie etwas gewinnen würde.

„Also gut." Sie streifte das Band ab, rollte das Papier aus und sperrte die Augen auf. „Das ist ja unglaublich …"

Der Duft von Broken Leaf

Die zweite neu überarbeitete Auflage kommt Anfang 2019.

„Der Duft von Broken Leaf" ist der zweite Band der Serie über die dänische Familie Madsen.

Klara hat den Männern abgeschworen. Nachdem ihr Freund sie verlassen hat, macht Klara eine Auszeit auf den Azoren. Sie will Abstand gewinnen, nichts als ausspannen und vergessen. Doch dann taucht Rodrigo auf und Klara ist drauf und dran sich wieder zu verlieben – in die Insel, in Rodrigo und seine Tochter Bea. Doch sind Rodrigo und sie bereit zu einem Neuanfang?

Eine federleichte Liebesgeschichte und im Anhang gibt es wieder einen Rezeptanhang.

Das sagen die Leser:
Diese Geschichte zeigt uns: Es lohnt sich immer nach vorne zu blicken und einen Neuanfang zu wagen.

Auch wenn die Vergangenheit schmerzlich ist lohnt es sich zu kämpfen und das Glück hält wieder Einzug …

Gleich vorweg: Eine wunderbare Geschichte, ein wunderbares Buch!

Ich mochte Klara (Runes Schwester) auf Anhieb am liebsten und hab mich riesig gefreut, dass gleich der 2. Teil ihr gewidmet wurde, da man im 1. Teil nicht wirklich viel von ihr erfahren hat.

Die Geschichte ist einfach nur gefühlvoll und romantisch geschrieben.

Ich hab beim Lesen richtig Fernweh bekommen. Die Insel wurde so traumhaft beschrieben, dass man sich bildlich die Schönheit der Azoren vor Augen führen konnte.

Leseprobe: „Der Duft von Broken Leaf"

„ICH HABE EINE tolle Nachricht!" Tokes Augen leuchteten, als er ihre Hand nahm und mit ihr die Stufen zum Strand hinunterlief.

„Du hast die Beförderung bekommen und wir können endlich heiraten?"

„Viel besser, min lille havfrue." Klara wurde warm ums Herz. Min lille havfrue, meine kleine Meerjungfrau, so nannte er sie immer. Denn er wusste, dass sie bereit war, alles für ihn zu geben und mit ihm die Welt zu entdecken. Deshalb war sie seine havfrue.

„Viel besser?" Klara nestelte aufgeregt an ihrem Seidenschal.

Er ließ sich auf den angeschwemmten Baumstamm am Strand nieder und bedeutete ihr mit der Hand, dass sie sich neben ihn setzen sollte.

„Also, ich hab mich beworben …"

„Ja, ja, ja", unterbrach sie ihn ungeduldig. „Du willst in die internationale Abteilung im Zentrum von Kopenhagen überwechseln." Sie zerzauste ihm liebevoll die blonden Haare. „Das weiß ich doch schon längst. Hat es geklappt?"

„Das kannst du dir nicht vorstellen …"

Sie hob fragend eine Augenbraue. „Nun rück schon raus mit der Sprache. Hast du zwei Sprossen auf der Karriereleiter übersprungen?"

„Noch viel mehr", grinste er siegessicher und legte den Arm um ihre Schulter. „Ich hätte niemals geglaubt, dass ich diese Möglichkeit bekommen würde."

Klara fiel ihm um den Hals. „Ich freue mich so sehr für dich! So wie du dich für die Stelle ins Zeug gelegt hast, verdienst du diesen Job."

„Ich bin ja so froh, dass du dich mit mir freust."

Sie lehnte ihren Kopf an seine Schulter. „Natürlich freu ich mich mit dir. Wo denkst du hin?"

„Min lille havfrue, kommst du dann mit mir?"

„Was meinst du damit? Du bist in Kopenhagen und das macht einen Umzug wohl kaum nötig." Als er nicht antwortete, stutzte sie und versuchte sein Gesicht zu deuten. Das geliebte schmale Gesicht, die hohen Wangenknochen und das Muttermal auf dem rechten Kinn. Die Ader an seiner Stirn pochte. Er wirkte auf einmal so angespannt. „Was ist los, Toke?"

„Ich hab dir noch nicht alles erzählt."

„Und?"

Er kämmte sich mit den Fingern die Haare aus der Stirn. „Ich geh nicht nach Kopenhagen. Ich hab mich auch auf eine andere Stelle beworben, aber … ich dachte, dass ich niemals in die nähere Wahl käme. Deshalb hab ich auch nichts erwähnt."

„Du gehst nicht nach Kopenhagen? Wohin gehst du dann?"

„Nach New York …"

„Nach New York?" Erschrocken riss sie ihre Augen auf. „Warum das denn?"

„Ich werde an der Börse arbeiten, für die Bank."

„Oh!" Mehr fiel Klara zu dieser Neuigkeit nicht ein. New York. Blitzartig fühlte sie sich schlecht. Ihre Laune veränderte sich schlagartig; fast so wie das Wetter in diesen Tagen. Strahlend blauer Himmel und dann, einen Lidschlag später, graue Wellen, aufgepeitscht vom Wind.

„Es tut mir leid, Klara, aber ich kann nicht in Dänemark bleiben. Ich will mehr."

Andere würden wahrscheinlich jubeln und vor Freude einen Stepptanz in der Küche veranstalten oder einen Luftsprung üben. Aber sie war nicht wie alle anderen. Sie war Klara Madsen. Und sie wollte nicht nach New York. „Aber ich lebe hier, Toke. Hier bin ich zu Hause."

„Darum geht es doch gar nicht. Wir werden zurückkehren, aber jetzt würde ich gerne einige Jahre im Ausland mit dir verbringen. Verstehst du das?"

„Nein", flüsterte sie mit trockenem Mund. „Warum musst du unbedingt fort? Reicht es dir nicht, dass wir uns hier haben?"

Er senkte den Kopf und verschränkte seine Finger. „Was soll ich dir bloß darauf antworten? Versteh mich doch: ich will mehr. Natürlich bedeutest du mir alles, aber das Leben hier ist mir einfach nicht genug. Wie kann ich dir das nur erklären?"

„Was fehlt dir hier? Sag es mir!"

„Kopenhagen ist trotz allem eine Provinzstadt. Ich will die Welt erkunden, meine Kräfte erproben. Ich will Geld verdienen … Ich will raus aus diesem Kaff und Urlaub in Florida machen können."

Die Gedanken schwirrten durch ihren Kopf wie ein aufgeregter Schwarm Mücken. Und wenn sie es für Toke tun würde? Wenn sie ihre Angst überwinden würde?

„Bitte, komm mit. Lass uns zusammen die Welt entdecken."

„Warum hast du mich vorher nicht gefragt? Es geht doch nicht nur um dich, sondern um uns beide!"

„Ich hab mich ehrlich gesagt nicht getraut." Er knetete seine Hände. „Du bist hier doch so verwurzelt."

„Ja, das stimmt, ich gehöre hierher", sagte sie langsam und blinzelte die Tränen weg, die sich in ihren Augen sammelten. „Ich will nicht weg. Wie kannst du das von mir erwarten?"

„Willst du es dir nicht noch mal überlegen?"

„So", schnaubte sie mit tränenerstickter Stimme. „Ich soll es mir anders überlegen? Hast du nicht vergessen, dass wir ein Paar sind? Wir sollten unsere Zukunft gemeinsam planen."

„Nein, das hab ich natürlich nicht vergessen. Darum hoffe ich ja auch, dass du mit mir kommst."

„Wie kannst du nur erwarten, dass ich alles hinwerfe und mitkomme? Dass ich meine Arbeit, mein Land und meine Familie hinter mir lasse, um in New York zu leben? Ich werde Dänemark niemals den Rücken kehren."

„Ist das dein letztes Wort? Denk bitte noch mal drüber nach!"

„Nachdenken?" Ihre Stimme wurde schrill. „Ich weiß, was ich will, und ich hab das immer gewusst. Und bisher dachte ich, dass wir dasselbe wollten. Aber jetzt gehst du einfach weg, nicht ich! Ich versteh das nicht."

„Hör mir zu, Klara, es ist nur für ein paar Jahre. Bitte, denk noch einmal drüber nach."

Sie schaute auf das Meer, eine Weite ohne Ende. Warum nur fühlte sie sich plötzlich so eingeengt? Sie wollte nicht kleinlich sein. Feige schon gar nicht. Sie wollte einen Alltag mit Toke, weil sie ihn liebte. Vielleicht sollte sie doch noch einmal drüber schlafen?

„Wenn du nicht mitgehst", unterbrach er ihr Gedankenkarussell, „dann liebst du mich nicht genug, um bei mir zu bleiben." Er kämmte sein seidiges Haar mit den Fingern und schaute sie traurig an. „Ich dachte, unsere Liebe wäre stärker."

„Allerdings, das dachte ich auch, Toke." Verzweifelt barg sie den Kopf in den Händen. Warum hatte sie sich so sehr getäuscht? Warum nur waren ihm Geld und Karriere wichtiger als sie? Was bildete er sich überhaupt ein, dass er ihr den schwarzen Peter zuspielte? Sie konnte ihre Familie nicht verlassen.

„Warum kommst du dann nicht mit? Ich liebe dich."

„Aber du liebst mich nicht genug, um bei mir zu bleiben. Du hast immer gewusst: Ich gehöre hierher."

Eine Träne rann ihre Wange hinunter.